L'ÂGE DE DÉTRUIRE

DE LA MÊME AUTRICE

Aux éditions Les Solitaires intempestifs

CTRL-X, *suivi de* BOIS IMPÉRIAUX, *théâtre*, 2016
POINGS, *théâtre*, 2017
PORTRAIT D'UNE SIRÈNE. Trois contes, *théâtre*, 2019
À LA CARABINE, *suivi de* CHEVEUX D'ÉTÉ, *théâtre*, 2020

PAULINE PEYRADE

L'ÂGE DE DÉTRUIRE

LES ÉDITIONS DE MINUIT

L'ÉDITION ORIGINALE DE CET OUVRAGE A ÉTÉ TIRÉE À VINGT EXEMPLAIRES SUR VERGÉ DES PAPETERIES SCHLEIPEN NUMÉROTÉS DE 1 À 20 PLUS SEPT EXEMPLAIRES HORS COMMERCE NUMÉROTÉS DE H.-C. I À H.-C. VII

L'autrice tient à remercier
le Centre national du livre pour son soutien.

7, rue Bernard-Palissy, Paris VIe

L'âge de comprendre : l'âge de détruire...
Et ainsi de suite.

Virginia WOOLF,
Journal d'un écrivain.

ÂGE UN

Les mollets sculptés et les pieds douloureux dans ses escarpins à talons carrés, debout, seule au milieu de la chambre, ma mère trace une petite croix dans l'angle supérieur gauche du plan de l'appartement. Au-dessus de la croix, elle note le mot « cloques ». Juste en dessous, elle précise « plafond ». Elle lève les yeux et fixe un moment la peinture boursouflée, les bulles maculées de taches vertes aux contours dilués au-dessus de sa tête. Les restes d'un dégât des eaux. Il y a peu de risques que cela s'aggrave. Elle se demande si une telle remise en état lui coûterait cher en travaux. Un soupir lui échappe, bref et nerveux.

L'appartement fait cinquante-six mètres carrés. Il occupe le quart du troisième étage d'un morceau de résidence construite dans les années 1970, un ensemble de tours jaune clair de différentes formes géométriques, rassemblées autour d'une cour pavée de ciment vieux rose incrusté d'éclats de quartz et reliées entre elles par des parkings souterrains, des ascenseurs aux intérieurs couverts de moquette marron et de miroirs, des cages d'escalier en béton et des passerelles de verre aériennes. Il compte deux chambres, un salon, un balcon à l'embranchement du salon et de la deuxième chambre qui surplombe la rue, une cuisine, une salle de bains et des toilettes. Du blanc et de la toile de jute fibreuse habillent les murs. Du carrelage blanc ou rosé protège les espaces exposés à l'eau et à la saleté. Une moquette à poils ras couleur vert menthe couvre les sols des couloirs, du salon et de la chambre qui donne sur le balcon. La deuxième chambre, située à l'extrémité nord, du côté de la cour intérieure, se distingue par sa moquette mouchetée, bleu mer et blanc.

Ma mère n'a jamais fait faire de devis de sa vie. Depuis qu'elle a quitté la maison de son enfance, elle a occupé ses différents logements sans s'en sentir responsable, de passage, les mains vides. À présent qu'elle s'est mis en tête d'acheter un appartement, elle compte et recompte, vérifie ses calculs pour s'assurer que c'est financièrement possible. Elle épluche son nouveau contrat de travail, parcourt les lignes qui détaillent son salaire à s'en user les yeux. Elle doute encore des chiffres qui lui disent que c'est à sa portée et peine à se départir de l'idée qu'elle est en train de voir trop grand, au-delà d'elle. Devenir propriétaire, c'est suivre l'ordre des choses, pour elle, et c'est précisément ce qui lui semble anormal. Elle se regarde accomplir les démarches, rassembler les papiers, livrer chaque nouvelle pièce que la banque lui réclame pour l'ajouter au dossier, remplir et signer les documents sans ciller, comme une enfant soucieuse de faire ce qu'on lui demande, sérieusement et sans y croire tout à fait.

Un courant d'air frais navigue dans la chambre, accompagné d'une rumeur douce qui s'élève de la cour. La fenêtre est ouverte. C'est le début de l'automne. Ma mère frissonne. Par réflexe, elle regarde sa montre et oublie de lire l'heure. Sa serviette en cuir caramel pèse au bout de son bras. Malgré le froid, ses cheveux s'imbibent de transpiration à la naissance de sa nuque et de son front. Son épaule craque. Son tailleur rouge foncé, froissé par les frottements avec le siège de la voiture, lui tient chaud. L'odeur de la sueur filtrée par le coton de son chemisier la gêne. Elle porte une fine chaîne en or autour du cou, un bracelet d'or au poignet droit, une montre simple au poignet gauche, et trois bagues serties de pierres précieuses que ma grand-mère lui a offertes. Chaque bijou a une origine et une signification précises. Elle n'en change et ne s'en sépare jamais.

Ma mère plonge la main dans la poche de sa veste, ses doigts cherchent à tâtons son briquet et ses cigarettes. J'aime leur forme et le dessin sur le paquet, une gitane qui danse avec un éventail, mais je déteste leur odeur. Elle mord dans un filtre blanc, une flamme mince lui brûle le bout du nez. Son cou se contracte. Elle souffle profondément. La fumée se perd dans les boucles de la moquette en laine synthétique, bleues et blanches, minuscules, innombrables. La vue de ma mère se trouble. Ellc a l'impression de les voir bouger.

Le bleu plaira à Elsa, elle pense. Les enfants aiment le bleu.

Elle écrase sa cigarette contre le rebord de la fenêtre, la referme d'un geste rapide. Elle fouille à nouveau dans la poche de sa veste, en tire une tablette de chewing-gum enrobée dans du papier argenté. Elle plie la gomme contre sa langue, froisse l'emballage dans sa main. De la poussière à la chlorophylle poisse ses doigts. Elle prend une inspiration rapide, inonde sa bouche de salive, avale l'écume parfumée. Elle fait une bulle verte qui gonfle entre ses lèvres et éclate avec un bruit sec. Elle regarde encore une fois les cloques pendues au plafond avant de quitter la pièce.

Nous emménageons à la fin du mois d'octobre 1993. J'ai sept ans. Je change d'école. Je fais beaucoup d'efforts pour que ma mère ne remarque pas ma tristesse. Elle ne parle presque plus que du déménagement, des peintures à rafraîchir, des équipements qu'elle doit acheter. Elle s'exalte de la chance que nous avons, que j'ai, d'avoir bientôt un endroit à nous. Elle me dit que personne, là d'où elle vient, n'a jamais connu ce bonheur jusqu'ici. Personne là d'où elle vient, ça veut dire sa mère et elle-même.

Le jour de l'emménagement, elle vient me chercher à l'école en voiture. C'est un vendredi, la veille des vacances. Elle a pris un après-midi de congé avant le week-end pour apporter quelques-unes de nos affaires et installer les premiers meubles dans le nouvel appartement. Je ne l'ai visité qu'une seule fois et il était vide. Il ne m'a laissé aucune impression particulière, si ce n'est que je l'ai trouvé grand.

Je l'aperçois près de la grille, au bout de la cour de récréation. Elle porte un jean et un sweat-shirt, ses cheveux sont relevés en une queue-de-cheval. Elle parle avec la maîtresse qui s'occupe de l'étude. Quand elle me voit, elle me fait un grand signe de la main. Je n'avance pas. J'ai la conscience très nette de me trouver au seuil d'un changement sans retour. Je me répète que je me trouve ici, dans cette cour, pour la dernière fois de ma vie. Je m'efforce d'éprouver le concret de cette idée.

Elsa, tu viens ?

Je commence à marcher. Je gravis les secondes comme une nageuse à contre-courant, tiraillée entre mon désir d'obéir et une résistance dérisoire au mouvement à l'œuvre. Je porte mon regard au-delà de la grille, j'étouffe de toutes mes forces la tentation de regarder en arrière et un dernier espoir qui traîne de tordre le cours du temps. Ma mère m'attend. Ses yeux me tirent à elle comme une ligne de pêcheur. Elle a l'air d'être très heureuse. Ses joues sont un peu rouges, ses pupilles brillent d'excitation. Je m'arrête à côté d'elle. La maîtresse me dit quelques mots gentils, elle me souhaite d'aimer mon nouveau quartier, de me faire des amies. Je souris poliment. Je suis pressée de partir.

Ma mère fait ses adieux et me prend par la main. Elle m'entraîne dans la rue.

J'ai une surprise pour toi.

Nous montons en voiture, elle oublie de me dire d'attacher ma ceinture. Nous roulons au pas. Je ne regarde pas mon école qui s'éloigne, les façades qui défilent derrière la vitre. Je fixe les mains de ma mère sur le volant. Elle porte ses bijoux mais ses ongles sont sales. Une éraflure fraîche traverse son avant-bras. Mes yeux remontent vers sa nuque étroite et dégagée. Des moutons de poussière sont accrochés à ses cheveux.

La voiture s'enfonce dans le tunnel qui mène au parking. Ma mère se gare et coupe le moteur. Je descends, l'odeur stagnante de pneu et d'essence brûlée me donne mal à la tête. Nous longeons une rangée de places vides, puis nous pénétrons dans une salle carrelée et froide où s'arrêtent les ascenseurs. Ma mère appuie sur le bouton d'appel. Une flèche rouge s'illumine. Je renifle. Je serre les bretelles de mon cartable entre mes doigts, mes poings l'un contre l'autre sur mon cœur. Nous montons au troisième étage. La cabine sent la pluie. Je remarque un graffiti, un nom suivi d'un chiffre, gravé dans l'angle inférieur du miroir, à hauteur de mes yeux.

La clé tourne bruyamment dans la serrure. Elle pousse la porte et me fait entrer dans l'appartement.

Le salon est encombré de cartons. Elle y a disposé le mobilier, un canapé en faux cuir noir, une table basse et une étagère en rotin, comme elle l'a pu. La télévision débranchée gît à même le sol, quelques chaises sont rangées contre le mur. Des valises et des sacs-poubelle empêchent l'accès au couloir de la salle de bains.

Viens.

Ma mère se dirige vers le deuxième couloir, celui qui mène à ma chambre. Elle est à l'opposé de la sienne. Dans l'autre appartement, nos chambres étaient collées l'une à l'autre. Je n'ai jamais dormi loin d'elle.

En chemin, je jette un coup d'œil à la cuisine. Elle est encore plus impraticable que le salon. Des piles d'assiettes enrobées dans du papier journal encombrent l'étroit plan de travail. Le frigidaire, poussé entre la table et le placard mural, ressemble à un iceberg à la dérive. L'évier déborde de casseroles, d'ustensiles et de plats de tailles et de formes diverses.

Je retrouve ma mère à l'entrée de la chambre, le bras tendu vers l'intérieur de la pièce.

Ça te plaît ?

Je reconnais la moquette bleu mer. Les sacs de voyage où j'ai rangé mes jouets et mes vêtements, ma petite table à dessiner sont rassemblés sous la fenêtre. Contre le mur, je découvre deux lits superposés.

Ma mère me regarde, elle espère que je dise quelque chose. Son souffle court trahit son enthousiasme, son impatience est encore lisible sur son visage. Je reste un moment sans comprendre. Une chambre à deux lits. Je n'ai ni sœur, ni frère, ni perspective d'en avoir. J'ai toujours connu ma mère seule. Jusqu'ici, elle ne m'a présenté ni amies, ni amoureux. Elle n'en parle pas non plus.

Une hostilité imprécise naît en moi, mêlée de crainte et de colère, comme si elle essayait de me jouer un mauvais tour mais que je ne parvenais pas à comprendre lequel, ni comment m'y dérober.

Tu pourras inviter tes nouvelles copines à dormir, comme ça.

Elle guette une réaction. Je lui souris, je tente un remerciement maladroit. Elle m'embrasse fort sur la joue. J'observe à nouveau la structure de bois. Elle m'apparaît un peu plus sympathique qu'au premier abord. En bas, une couette violette à fleurs et une taie d'oreiller assorties et bien repassées. En haut, une housse à imprimé rouge qui semble dessiner un paysage. Je ne les ai jamais vues, ni l'une ni l'autre. Elles doivent être neuves.

Elsa ? Tu dors ?
Oui.
C’est maman.
Je sais.
Dis-moi que tu m’aimes.

J'emploie les premiers jours des vacances à déballer mes affaires, petit à petit. Je ne sors presque pas de ma chambre. Je prends le temps de choisir où va chaque chose. Je suis très heureuse. Je m'habitue aux bruits de l'immeuble, aux dimensions de la pièce. Ma mère est occupée à monter des étagères et à percer des trous dans les murs. Nous nous retrouvons pour manger midi et soir, la tête pleine et les muscles douloureux.

Les lits superposés épousent l'angle, en face de la porte de la chambre. Quand celle-ci s'entrouvre, la lumière du couloir éclaire immédiatement les oreillers. Si ma tête n'y est pas, ma mère le voit d'un simple coup d'œil. Je choisis de dormir dans le lit du haut, avec la couette paysage. Je cache mes objets précieux dans les recoins. Je plante une photo de ma mère et moi, toutes petites au pied d'une falaise, entre le matelas et le bord du sommier, je suspends mon collier de perles rouges à l'angle de la barrière. Je place l'oreiller sous les cloques. Je les caresse du bout du doigt. Elles s'épanouissent, légères et rondes. Je les sens fines, fragiles comme la coquille d'un œuf, j'imagine que ce sont des nids de fées, qu'un bébé dinosaure va les craqueler de la pointe de son bec, j'ai peur qu'elles soient pleines d'insectes qui pourraient se répandre sur mon visage. Un soir, un tremblement sonore parcourt le plafond, les pieds des voisins résonnent au-dessus de ma tête. Une cloque éclate, des miettes de peinture tombent. À l'intérieur, sous le blanc, un autre blanc, moins blanc, vert amande ou gris, lisse et poussiéreux.

À droite du lit du bas, une table de nuit en bois avec un casier et un tiroir garde les effets que je ne veux pas perdre, un foulard sale, une manche de pyjama et des ciseaux en forme de poisson. Un peu plus loin, l'armoire crée une masse d'ombre dans l'ombre. Elle ne ferme plus très bien, ses poignées rondes se dévissent régulièrement. Pour l'ouvrir, il faut glisser son doigt entre les portes et imprimer un petit élan. Je range mes vêtements mi-pliés, mi-roulés, à l'intérieur. Mes petites culottes et mes chaussettes se mélangent dans des boîtes à chaussures, parmi des sachets de lavande.

Le store de la fenêtre se coince souvent. Par ses

fentes, une infiltration de jour, l'après-midi, ou de lumière électrique, la nuit, se diffracte sur la moquette bleu mer comme un reflet de soleil ou de lune. À ses pieds, un coffre bleu écaillé, décoré de pétales décapités par des affleurements de bois, une chaire nerveuse, souple et claire. C'est là que se reposent mes poupées Barbie entre deux histoires, parmi des escarpins en plastique, des brosses à cheveux de la taille d'un noyau de cerise, du mobilier en autocollants, des robes à scratch, des pantalons élastiques et des blouses à pression unique. Je dispose mes livres et mes boîtes de feutres et de crayons de couleur dans une petite bibliothèque blanche à côté de la porte. Je déplace ma table en plastique jaune, très légère et maculée de tracés d'encre, à ma guise, pour écrire et dessiner, accroupie, en tailleur ou à genoux sur la moquette tantôt douce, tantôt râpeuse, selon la position du corps et la répartition de son poids.

À mesure que les jours passent, la nervosité de ma mère augmente, les traits de son visage se creusent. Elle dort mal. Elle occupe ses nuits à fumer dans le salon. Elle se lève tard. L'après-midi, elle s'agite, semble abattre un travail considérable, pourtant, les placards et les étagères restent vides, les objets attendent en tas, certains sont encore empaquetés.

Le dernier dimanche des vacances, j'ai fini de tout

installer. Je pousse les sacs de voyage sous la fenêtre. Je cherche ma mère pour lui montrer le résultat. J'aperçois le haut de sa tête posée sur l'accoudoir en faux cuir du canapé, son bras nu à l'abandon sur son front. Elle est allongée, une écharpe sur les yeux.

Ne me dérange pas, Elsa. J'ai très mal à la tête.

Je retourne dans ma chambre, sans un mot. La nuit est tombée. Je range mes cahiers et ma trousse dans mon cartable, je me prépare pour demain, j'enfile mon pyjama. J'engloutis un bol de céréales dans la cuisine avant de me brosser les dents. Je n'ai pas pris de bain. Hier non plus. Je sens que mon odeur se renforce.

La rue de l'école est très jolie. Elle longe une rangée de pavillons identiques et de petite taille, protégés du passage des voitures par des jardinets arborés. Il y a des bruyères, des tilleuls, des sorbiers et des châtaigniers aux branches lourdes. Je suis impressionnée par la robustesse qu'ils dégagent et par les massifs de fleurs qui résistent à l'automne, géraniums, glycines et rosiers grimpants en veines autour de volets colorés, assortis aux portails en fer bleu pervenche, vert d'eau, vert sapin, rose. Le soleil semble briller plus fort, le bleu du ciel plus bleu contre les façades blanches. J'essaie d'apercevoir les intérieurs cachés derrière les rideaux de coton.

Regarde devant.

Ma mère tient ma main serrée dans la sienne. Elle lui imprime une pression nerveuse, un peu douloureuse. Je ne dis rien, j'imagine que toutes les mères serrent fort la main de leur enfant, je n'en connais pas d'autre. Je saute entre les chewing-gums écrasés sur le trottoir. Par dizaines, des bosses plus ou moins grises, plus ou moins molles, forment un terrain de slalom miniature.

Nous arrivons à l'école. Nous nous arrêtons devant la porte en bois peint, prise dans une façade de meulière rouge. Ma mère pose un baiser appuyé sur ma joue. Le bout de son nez s'écrase près de mon œil. Elle recule de quelques pas dans la rue.

Je gravis les marches encombrées d'enfants et de cartables. J'arrive dans un hall spacieux, baigné dans une lumière floue et poussiéreuse. Les semelles en caoutchouc résonnent sur les carreaux de ciment à motifs fleuris, des manteaux et des sacs à dos pendent à des patères en bois le long des murs. En face de moi, une porte vitrée laisse apparaître les branches souples d'un saule pleureur qui se balancent tranquillement au soleil.

Tu es nouvelle ?

Je me retourne et tombe nez à nez avec une fille à la peau sombre qui me fixe avec curiosité. Je ne trouve rien à répondre, mes yeux prennent toute ma concentration. Elle a le visage le plus extraordinaire que j'aie jamais vu. Des boucles flottent au-dessus de ses tempes, le duvet de ses joues est foncé par endroits, il ressemble à la naissance d'une barbe, très fine et très douce. Ses dents blanches brillent, enfoncées dans des gencives roses et brunes. Ses lèvres semblent sculptées dans deux peaux différentes, un tissu épais en haut, une muqueuse humide en bas. De petits anneaux dorés pendent à ses oreilles où des fils de cheveux viennent se prendre. Ses longs cils se mélangent à des sourcils larges, ils battent l'air au-dessus de deux billes bleu nuit enfoncées dans une chair d'œuf taillée en amande. Elle a le nez rond et retroussé, une chevelure merveilleuse encadre son visage, des vagues noires et luisantes qui dévalent son corps et se brisent sur ses reins. Ses vêtements dispersent une odeur particulière, entre le jasmin et la vanille.

Tu es en quelle classe ?

Je bafouille une réponse, je ne suis pas sûre qu'elle m'entende. Elle passe son bras sous le mien et m'escorte dans la cour.

Je vais te faire visiter.

Pour commencer, nous faisons le tour de l'île au saule. Des groupes discutent sur le rebord de béton. Un panneau planté dans la terre interdit l'accès à la pelouse. Plus loin, des garçons et des filles courent sur le terrain de jeu. La fille aux cheveux noirs pointe son doigt vers le fond de la cour, du côté des tables de ping-pong et de la grille des maternelles.

Ma classe est par là. Tu sais avec qui tu es ?

Je ne sais rien encore. Je dois aller dans le bureau de la directrice, ma mère devait venir avec moi, elle n'a pas eu le temps ce matin, elle ira la voir ce soir. La fille serre son bras autour du mien.

Je t'accompagne.

Nous traversons la cour. Mon guide renifle, elle s'essuie le nez avec le dos de sa main. Je jette un coup d'œil par-dessus mon épaule. Sa bouche entrouverte dans le froid, son regard planté droit devant elle.

Comment tu t'appelles ?

J'arrive à le dire distinctement. Elle cligne des yeux et me répond, simple, souriante.

Issa.

Elle a un prénom très doux. Issa. Une caresse. Quand la directrice m'indique le nom de ma maîtresse, elle pousse un cri de joie.

Tu es dans ma classe !

Je la suis le long d'un couloir de linoléum brun, au premier étage du bâtiment où se trouve le bureau de la directrice, que nous venons de quitter. Par les vitres scellées, nous apercevons la cour de récréation. Elle est pleine à présent. Des cris s'élèvent en houle jusqu'à nous. Issa s'arrête au seuil d'une porte ouverte. Je me penche pour découvrir une femme jeune, un pull tressé jaune et des cheveux courts et bouclés, assise derrière une table en contreplaqué rosé. Instinctivement, elle pose sur nous un regard surpris et se lève de sa chaise pour venir à notre rencontre.

Issa me présente et résume l'entrevue chez la

directrice. La maîtresse me dévisage avec douceur. Elle m'indique une place libre, au troisième rang, à côté de la fenêtre. Elle me demande d'écrire mon nom sur un papier, de le plier et de le poser devant moi. Je m'étonne qu'elle ait besoin de ça pour retenir le prénom d'une nouvelle élève dans sa classe. Elle dit que je ne le garderai pas longtemps, seulement aujourd'hui, afin que tout le monde puisse s'en souvenir.

J'aligne ma trousse à la bordure jaune de mon bureau, je tire mon cahier neuf de mon cartable. Il est protégé d'un plastique rouge avec une étiquette autocollante dans l'angle droit de la couverture, comme demandé sur la liste de fournitures. J'écris mon prénom, soigneusement, à l'intérieur du cadre de fleurs. J'ouvre la première page, j'arrache la deuxième, je la plie soigneusement en trois. J'écris à nouveau mon prénom et je le dispose contre le rebord jaune. Issa s'assied juste devant moi. Elle déballe ses affaires, se retourne pour me sourire. La maîtresse est sortie chercher les autres élèves, la cloche vient de sonner. Je regarde par la fenêtre. Je reconnais les tuiles roses des pavillons de la rue, ainsi que certains arbres. Je suis des yeux un sentier artificiel qui serpente entre deux petites pelouses jonchées de feuilles rouges.

Les élèves entrent en troupeau et se dispersent

dans la salle de classe. J'essaie d'observer les visages pendant qu'ils s'installent. Certains parlent fort, les joues rosies par l'air de l'automne, quelques-uns lèvent les yeux au ciel. Beaucoup chahutent ou rient de toute leur bouche. J'assiste au défilé des mâchoires avec fascination, mélange de dents de lait et de trous, d'affleurements d'émail et de gencives mouillées. Je regarde les filles. Des lunettes rondes et des tresses blondes au premier rang. Un pull bleu au deuxième, juste derrière. À côté de la porte, une mine fatiguée. Je lèche mes lèvres. L'air pénètre les plaies.

La maîtresse demande le calme. En quelques secondes, elle l'obtient. Elle annonce qu'elle va noter au tableau la dictée de la semaine, que nous devons la recopier et l'apprendre par cœur pour le vendredi suivant. Dans mon ancienne école, nous ne connaissions que certains mots difficiles à l'avance, pas les phrases entières. La maîtresse commence à écrire. Son corps cache les lettres, des boucles blanches dépassent de ses épaules. Devant moi, Issa est penchée sur son cahier. Ses cheveux, tenus ensemble par un chouchou de velours beige, s'éparpillent sur son pull-over. À chaque mouvement d'épaule ou de respiration, ils brillent et roulent comme de l'eau, une rivière de campagne profonde et foncée, froissée de vaguelettes qui renvoient au soleil son éclat. Un ruisseau pétillant et chaud dévale ma nuque. J'inspire doucement. Un parfum de shampoing à la pêche chatouille mes narines.

Un bout de craie se casse. La maîtresse ne le ramasse pas. Le bois de l'estrade grince. Dehors, le ciel mélangé, un rayon de jour jaune, le blanc et le bleu. Issa se penche pour lire la fin de la première phrase. Elle bascule sur le côté, son chouchou glisse jusqu'à ses reins. Sa chevelure se libère. Elle pose son stylo, ses doigts plongent dans le fleuve noir. Elle tente de rassembler ses cheveux, de les faire tenir en haut de son crâne, à l'extrémité d'une raie bien tracée depuis la naissance de son front. Elle s'applique. Des mèches ondulées se balancent au-dessus de son dos. Elle tâte l'écume sombre avec la pulpe de ses doigts, aplatit vigoureusement les bosses qui dépassent. Dans ma culotte, ma peau me gratte. Je me balance, le plus discrètement possible, d'un côté puis de l'autre, j'essaie de vérifier que mon pantalon est sec. Les ongles d'Issa disparaissent encore dans ses cheveux, elle noue son chouchou de velours autour de sa queue-de-cheval. Je dévore son mouvement jusqu'au bout. La chevelure entre dans l'élastique, puis sort, tombe, se déverse. Je passe sur une fesse, puis sur l'autre, pour apaiser la démangeaison. Les picotements descendent le long de mes cuisses. Issa fait un autre nœud, une deuxième averse, ça pétille encore, des gouttes minuscules et par milliers sous ma peau, un courant électrique sous mon crâne. Je m'écrase sur ma chaise. J'appuie fort pour que ça se calme. La maîtresse ne semble rien remarquer, ni Issa, ni les autres élèves le nez collé à la pointe de leur plume. Je plonge mon index et mon pouce dans ma bouche, je les engloutis tous les deux. Je mâche ma peau. Elle est molle.

À l'autre bout de l'appartement, il y a la salle de bains. C'est la pièce la plus éloignée de ma chambre. Je n'aime pas que mes vêtements traînent sur le carrelage mouillé, alors, quand vient l'heure de me laver, je me déshabille devant mon armoire et je cours toute nue d'une pièce à l'autre. D'abord le couloir, puis le salon, la cuisine sur ma droite, la porte d'entrée en face de moi, je bifurque à gauche, je passe devant la chambre de ma mère, je ferme les yeux pour le dernier virage, terrifiée à l'idée qu'elle me voie ainsi. Un jour, dans notre ancien appartement, j'ai enlevé mes vêtements et ma culotte pour faire la sieste. À mon réveil, je suis descendue de mon lit, je n'arrivais pas à savoir si je devais enfiler quelque chose avant de sortir. J'ai ouvert la porte, je suis apparue nue dans le salon. Ma mère regardait la télévision. Ses yeux se sont arrêtés sur moi avec frayeur. Elle s'est levée, elle a jeté la télécommande dans ma direction. J'entends encore le plastique se fendre contre l'angle du couloir, les piles rouler par terre.

J'arrive le cœur battant, les pieds sur le tapis de sol en éponge de la salle de bains. Un papier peint avec une photographie de palmier sur un ciel de crépuscule décore l'intérieur de la porte. Il était là quand nous sommes arrivées, nous n'y avons pas touché. L'émail du lavabo est assorti à celui de la baignoire. Ils composent un camaïeu de couleurs de plage, une mer de miel renversée, du blanc crème de l'écume vers les profondeurs, au rose orangé du sable sous le ciel en feu, sur les rebords. Un dégradé rose assure la transition du haut vers le bas.

La baignoire est encastrée dans l'angle du mur. Le rebord de devant est inutilisable, sauf pour y laisser sécher le gant de toilette. Sur l'autre, plus large, sont posés, pêle-mêle, des bouteilles de shampoing vides, des bouteilles de shampoing pleines, du gel douche, du savon intime, une pierre ponce, des jouets en plastique décolorés. Une coque de bateau, une Barbie Alerte à Malibu sans son maillot, le dauphin gris en plastique vendu avec, équipé d'un petit bouton sous le ventre. Une sirène, ma poupée préférée, que ma grand-mère m'a offerte à Noël, l'an dernier. Je l'emmène avec moi partout où je peux, la nuit près de mon oreiller, sur la banquette arrière pour nos voyages en voiture. J'ai déjà essayé de la glisser dans mon cartable. Ma mère s'en est rendu compte. Elle m'en a privée pendant plusieurs jours.

Je suis assise dans l'eau, le ciel orange et le palmier de la porte ouverte créent une frontière entre moi et le monde. Depuis ma place, je vois le plafond du couloir qui se reflète dans le placard en miroir au-dessus du lavabo. Une ombre glisse. Ma mère entre dans la salle de bains. Elle ouvre un des battants. Plusieurs flacons, trousses, pansements, tubes de crème et pots à brosses et à pinces en tous genres se disputent quelques centimètres d'étagère. Je suis étonnée de constater qu'elle a terminé de vider les cartons de la salle de bains avant les autres. Les médicaments ne sont pas là. Dans l'ancien appartement, elle les gardait dans sa chambre, sauf ceux qui ne sont pas dangereux, comme le Doliprane ou le Mucomyst, qu'elle rangeait dans un petit panier en plastique mauve, dans la cuisine.

Ma mère pioche la pince à épiler dans un verre à dents en céramique bleue, referme le placard et se penche vers son reflet. Je vois son dos et sa nuque pliée vers l'arrière, ses cheveux qui s'affaissent sur ses épaules. Dans le miroir, son cou tendu, toute sa peau dépliée, un ciel porcelaine constellé de grains de beauté, ses deux narines noires et ouvertes, ses pupilles sombres disparaissent sous ses paupières. Je la vois qui louche un peu. Elle enroule sa lèvre inférieure sur ses dents, son menton s'allonge, sa rangée de dents du haut est retournée comme un manège de fête foraine. Elle approche la pince de son menton. Elle arrache un à un des poils invisibles, concentrée, défigurée, indifférente à ma présence.

Je remplis d'eau chaude une bouteille de shampoing vide, je me la verse sur la tête. Le pommeau de douche, coincé entre les têtes rouge et bleue des robinets, menace de tomber, emporté par le poids de son flexible. Il glisse, les anneaux chromés cognent l'émail les uns après les autres. On dirait un ver de terre géant qui rentre dans son trou.

J'ai rencontré une fille à l'école, aujourd'hui. Elle est très belle. Elle est dans ma classe.

Ma mère fait couler l'eau dans le lavabo. Son visage dans le miroir retrouve ses proportions. Elle pousse un soupir las. Je gratte le contour d'un cercle sombre au fond de la baignoire avec mon ongle, une marque laissée par un tapis antidérapant à ventouses, des saletés que le jet de la douche ne chasse pas. Ma mère les a frottées avec le vert de l'éponge et du Cif au citron pour essayer de les faire disparaître. Je me demande de quoi elles sont faites. Je retrouve des traces un peu partout dans l'appartement. Des taches de graisse au-dessus des plaques électriques de la cuisine, les frottements d'un dossier de canapé contre un mur, dans le salon, des empreintes de passage de gens qu'on ne connaît pas, qui vivaient là avant nous. Dans ma chambre, c'est la moquette bleue. Dans la salle de bains, le coucher de soleil, des éclaboussures ocre sur le mur qui collent, des fissures dans l'émail de la baignoire, les cercles marron, des morceaux de personnes, des poussières de peaux agglomérées.

J'ai eu ta grand-mère au téléphone tout à l'heure. Nous allons passer Noël chez elle. Elle a hâte de te voir.

C'est dans longtemps.

À peine six semaines.

Je voulais lui dire quelque chose.

Pendant les vacances, tu auras tout le temps de lui raconter tout ce que tu veux.

Je plonge ma sirène dans l'eau. Sa queue verte et bleue scintille. Ses cheveux blonds en plastique se déploient comme les pétales d'une fleur en éclosion. Je les laisse danser autour de mes jambes. Je tiens sa taille fine entre mes doigts, je regarde ses yeux immobiles et bleus, son nez pointu, sa bouche rose et ourlée. Une bulle blanche enchâssée dans sa pupille lui donne un air ému. Sa chevelure ondule au bout de mon bras.

J'ai hâte de revoir ma grand-mère. Elle vit dans une petite maison le long d'une route, non loin de la mer. Elle n'est ni gentille, ni méchante avec moi. Elle est rigoureuse et rassurante. Elle travaille toute la journée. Elle garde des enfants pour gagner sa vie. Elle chante pour elle-même les chansons qu'elle leur apprend. Elle parle un mélange de français, de breton et d'italien qu'elle articule mal. Elle fait mine de ne pas comprendre ce qu'on lui dit quand elle nous trouve ennuyeuses, mais elle a bien entendu que je rêvais d'avoir la poupée sirène pour Noël, l'année dernière. Je l'ai vue dans un magazine de jouets déposé dans notre boîte aux lettres. Ma mère a refusé de me l'acheter. Elle la trouvait laide et beaucoup trop chère. « Un cadeau pour une petite fille cruche », elle a dit. Je crois qu'elle en a voulu à ma grand-mère de me l'offrir sans sa permission. Ses mots me reviennent dès qu'elle me surprend en train de la faire nager dans le bain ou de lui brosser les cheveux le soir, dans mon lit. Ses regards sur sa queue de poisson et son corsage en coquillage m'accablent de honte. Elle me demande de la déplacer, « pas sur la table de la cuisine », « pas sur le canapé », elle menace de la passer à la machine à laver. Elle ne veut d'elle nulle part.

Tu m'aimes, Elsa ?
Je dors.
Elsa. Dis-le-moi.
Je t'aime.
Dis-le encore.
Mais oui. Je t'aime.
Tu m'aimes comment ?
Beaucoup.
C'est tout ?
S'il te plaît. Je suis fatiguée.

Ma mère m'aide à m'asseoir sur le rebord de la baignoire. Elle m'enrobe d'une serviette-éponge rouge. Mon corps disparaît sous la couleur. Elle me frictionne de ses deux mains, m'essuie doucement le visage et m'envoie me préparer pour le dîner. Je retourne dans ma chambre. La serviette serrée contre moi, je prends garde à ne pas marcher dessus. Je ferme la porte derrière moi, le rouge tombe par terre, j'escalade les lits superposés pour aller chercher mon pyjama, roulé en boule sous mon oreiller. Je me change là-haut, la nuque baissée pour ne pas me cogner.

L'appartement s'anime. Des bruits de vaisselle, de couverts et de placards me parviennent en désordre. De l'eau coule dans une casserole. J'essaie de reconstituer les gestes de ma mère, de visualiser ses déplacements.

Elsa. À table.

Je m'installe en face d'elle, devant un plat de coquillettes fumantes. Elle termine son assiette avant moi. Elle n'attend pas que j'aie fini de manger pour desservir. Elle va fumer une cigarette sur le balcon.

Je débarrasse, je fais attention de ne rien renverser, je vais me brosser les dents. Je retrouve ma mère dans ma chambre, assise sur le lit du bas, le regard dans le vague.

Pas d'histoire, ce soir. Demain, on se lèvc tôt.

Elle m'embrasse et je grimpe à l'échelle. Elle ne peut pas me rejoindre dans le lit du haut. Elle est trop grande pour y tenir allongée. Elle n'aime pas que je choisisse d'y dormir. Elle quitte la pièce et laisse la lumière du couloir allumée derrière la porte fermée. Je l'entends encore un moment qui traîne, se vautre et s'agite sur le canapé du salon.

Il me faut quelques secondes pour comprendre ce qui se passe quand, plus tard dans la nuit, l'éclat de l'ampoule au coin de mon œil me tire de mon sommeil. Les battements de mon cœur accélèrent. Je retiens mon souffle. J'entends ma mère qui entre dans la chambre. Ses pas sont lents. Elle marche sur la pointe des pieds. Elle effleure les barreaux de l'échelle, suit le bord de la couchette du haut jusqu'au milieu du matelas. Elle tâte la couette à ma recherche. Je me terre dans l'angle, sa main ne peut pas atteindre le fond, il faut qu'elle monte sur la couchette du bas. Elle grimpe sur le rebord du lit, plie son coude autour de la barrière, elle se tient, le corps tendu dans le vide, comme sur une planche à voile. Je sens ses yeux, ils scrutent les reliefs à travers le garde-corps ajouré. J'ai l'impression qu'elle vient vérifier si je suis toujours à ma place et, un instant, je m'étonne d'y être encore. Quand elle me trouve, ses doigts se referment, ils tentent d'identifier leur prise. Une masse de cheveux, une fesse, un talon. Sa main s'arrête sur mon épaule. Elle reste là, sans bouger. Je ne sais pas si elle s'attendrit ou si elle guette un mouvement. Je fais un effort pour calmer ma respiration, la rendre régulière.

La structure de bois autour de moi se met à tanguer. J'ai peur que tout s'effondre et de passer par-dessus bord, la cervelle répandue sur la moquette. Ma mère se couche, puis se roule, se tord et se frotte contre le matelas du lit du bas.

Elsa.

Un gémissement aigu, soufflé, désagréable me perce le crâne. Sa voix siffle et grince. Je plonge sous la couette pour ne pas l'entendre. Elle répète mon nom écorché, son râle discret provoque chez moi un frémissement d'horreur. S'ensuivent des sanglots pitoyables.

Je ne peux pas dormir toute seule.

Soudain, j'ai mille ans et j'ai enfanté toutes les mères du monde. Je la déteste. Je voudrais la chasser à coups de pieds et de poings. Je sens la colère bouillir au fond d'elle. Je l'écoute tourner sur elle-même, griffer les draps. Le duvet bruisse. Elle frappe l'oreiller. Elle m'appelle, encore. Sa plainte monte, elle me tranche en deux. Je ne réagis pas. Je fais semblant de dormir, obstinément.

Au bout de plusieurs minutes, elle cesse de bouger. Je scrute le silence, yeux et oreilles grand ouverts. Elle se racle la gorge. Sa voix change. L'ordre l'emporte.

Descends.

Quand je me réveille, le lendemain matin, je suis seule dans le lit du bas, la couette violette dévale aux trois quarts sur la moquette. Je dois faire un effort pour me rappeler où je me trouve. Je balaie la chambre des yeux, je reconnais la bibliothèque et la petite table jaune. Je me lève lentement, les poils de la moquette s'enfoncent dans mes pieds nus.

Je passe devant les cartons du salon. Quelques-uns ont été ouverts pendant la nuit, une partie de leur contenu déposé au hasard sur le sol. Un pied de lampe sans abat-jour. Une pile de magazines. Un vase qu'on lui a offert à l'occasion d'un dîner et qu'elle n'a jamais vraiment aimé.

La cuisine est encore très encombrée. Je me faufile jusqu'à la table, sous la fenêtre, je me sers des céréales que j'arrose de lait froid. Le frigidaire est à portée de main, serré contre les placards muraux.

À l'intérieur, un paquet de fromage râpé entamé, des yaourts nature, des yaourts aux fruits et un bocal d'olives.

Ma mère apparaît dans l'embrasure de la porte. Je ne l'ai pas entendue approcher. Elle est douchée et habillée, pas encore maquillée. Elle a le visage plus reposé. Elle a dû réussir à dormir quelques heures. Elle plonge la main dans le paquet de céréales, enfonce la poignée de flocons croustillants dans sa bouche, avale le tout avec une grande gorgée de café. Elle se tient droite, son regard revenu à lui-même, son corps dans le jour. Elle ouvre le tiroir où elle range ses cigarettes et son briquet. Elle fume à la fenêtre.

Je mange lentement. L'odeur du tabac me pique le nez et les yeux. L'immeuble autour de nous cogne, claque et grince. L'eau fait chanter les tuyaux dans les murs, le moteur du frigidaire souffle, un murmure grave et nerveux. Les pavés de la cour résonnent comme des tambours sous les roues des poubelles pleines qu'on sort du local pour les disposer dans la rue, ou quand un enfant se met à courir. Je prends une autre bouchée de céréales, le glaçage sucré craque contre mes dents. Je n'entends plus rien d'autre que le bruit de ma mastication, assourdissant, que mon crâne me renvoie en écho.

Va t'habiller. C'est bientôt l'heure.

Je dépose mon bol vide et ma cuillère dans l'évier, je cours dans ma chambre. Je regarde les deux lits défaits. Je passe des vêtements propres.

En quelques semaines, c'est devenu une habitude. Tous les matins, nous nous retrouvons au même endroit, sur le rebord de pierre froide de l'île au saule. J'arrive la première, j'attends qu'Issa passe la porte du hall. Je ne parle à personne de peur de la manquer. Elle apparaît, ses cheveux noués en tresses rebondissent sur son ventre, ou bien ils volent derrière elle, pris dans une queue-de-cheval. Elle jette son cartable par terre, elle s'assied à côté de moi. Ses fesses touchent les miennes, nos genoux se cognent. Nous parlons, son nez et sa bouche sont tout proches des miens, sa respiration chaude se répand sur mon visage, semblable à un rayon de soleil. Une torpeur irrésistible, des frissons délicieux prennent mon corps. Ça commence au sommet de mon crâne, puis ça descend le long de mon cou, ça remonte sur mes joues, mes pommettes, ça dégringole dans mon ventre, je serre les cuisses pour que ça reste à l'intérieur. Quand c'est trop fort, je plonge mon pouce et mon index dans ma bouche, je m'assieds sur mon talon et je gigote sur la semelle de ma chaussure.

Parfois, Issa cherche la compagnie d'autres filles pour passer la récréation. Je prétends être fatiguée, ne pas avoir envie de jouer avec elles, je cache ma déception du mieux que je le peux. Je retourne m'asseoir sous le saule, j'espère qu'elle vienne me rejoindre. Elle ne le fait pas. J'essaie alors de profiter de ce temps de répit qui m'est accordé. En vérité, être avec elle m'épuise. Il faudrait que je sois double pour ne rien en perdre, m'amuser et la regarder faire, c'est la regarder que je préfère. Quand elle court, sur le terrain de jeu, en classe, quand elle étire son dos, et son visage, ses lèvres tendues vers le monde, et son corps alerte, sa souplesse quand elle se déplace, sa vélocité, sa vitalité pleine, le balancé de ses épaules, le dessin de ses muscles sous son pantalon. Je deviens jalouse, comme si je convoitais un objet précieux, un trésor à l'air libre. Je tiens au creux de ma main un grain de sable que j'ai peur de voir s'envoler. Je découvre d'autres amplitudes en moi, les intensités de la joie, les balbutiements du désespoir. Des images me viennent qui ne sont pas les bonnes. L'embrasser sur la bouche, la prendre dans mes bras. Ce n'est pas ça, Issa et moi. Ce n'est pas une route qui va quelque part. C'est un champ de hautes herbes qui s'étend sur des kilomètres. C'est une ronde, un vol d'oiseaux emmêlé dans les nuages. C'est une panthère au pelage profond comme la voûte céleste, doux comme l'océan. C'est une bouchée de crème et de génoise moelleuse. Je la contemple, trahie et soumise. Je suis patiente, à défaut de savoir quoi faire. Il faudrait que je sois capable de me lever, de m'avancer vers elle et que ce soit simple. Je ne connais pas les gestes d'un champ d'herbes sauvages, ni ceux d'une ronde d'oiseaux.

Ma mère me récupère à la sortie de l'école. Quand nous sortons dans la rue, il fait presque nuit. Des décorations lumineuses fleurissent sur les lampadaires. La fin de l'année approche. Elle est venue à bout des derniers cartons avec les premiers flocons de neige. Nous les avons regardés tomber contre le ciel noir, protégées par la baie vitrée du balcon. Il ne fait pas assez froid pour que la couche blanche tienne plus de quelques heures, les gaz urbains réchauffent l'air et l'asphalte.

Pendant une semaine encore, une pile énorme de boîtes démantelées et de boules de scotch a encombré le palier. Je ne sais pas si elle a fini par s'en occuper ou si un voisin exaspéré s'en est chargé à sa place. Un soir, tout a disparu.

Malgré ses efforts, l'appartement continue d'être

pour ma mère une terre étrangère. Elle n'arrive pas à décider où mettre les choses, ni à s'organiser. Elle ré-agence les pièces, parfois en dépit du bon sens. Le matin, les meubles se réveillent à une place différente de celle de la veille. Je me demande où elle trouve la force de les soulever et de les pousser, toute seule. Certains ont l'air d'être très lourds. Elle se plaint de l'espace. Trop grand, impossible à occuper, trop morcelé, trop de pièces, pas assez de rangements. « Nous étions mieux avant, elle dit. Nous ne sommes que deux, après tout, nous n'avons pas besoin de tout ça. Je ne sais pas ce qui m'a pris. C'est de ta faute. Tu voulais une chambre plus grande, voilà où nous en sommes rendues. »

Je ne proteste pas. J'accepte l'inquiétude, sans la reconnaître. J'assiste, impuissante, à sa lente métamorphose. Ses traits s'affaissent. Son visage perd ses couleurs. Elle ne dort guère plus de deux heures par nuit, qu'elle passe dans le lit en dessous du mien. Quand elle s'allonge, elle fait bouger ma couchette sans craindre de me déranger. Je descends la rejoindre avant qu'elle ait le temps de m'appeler, le son de sa voix me glace le sang. Elle passe ses bras autour de moi, elle plonge son nez dans mes cheveux. Régulièrement, son corps est secoué de sanglots. Elle me serre alors très fort, au point que j'en ai du mal à respirer. Sa peau devient chaude, elle remue contre moi. Elle me fait penser à un petit chien. Parfois, elle glisse sa main sous mes vêtements. Elle me fait mal au sexe. Je m'endors longtemps après, une fois qu'elle ronfle paisiblement, je remonte l'échelle le plus discrètement possible, je m'effondre dans mon oreiller. J'ouvre un œil quand elle quitte la chambre, puis j'essaie de rattraper mon rêve. Quelquefois, je n'y arrive pas, alors je reste à regarder les cloques, au-dessus de ma tête. Mes paupières tombent sous les lueurs du petit jour. Je peine à me lever le matin. En classe, la maîtresse me gronde parce que je ne l'écoute pas.

Le feu pour les voitures passe au vert. Nous nous arrêtons sur le bord du trottoir, en face du passage piéton. Mes dents claquent. Ma mère prend ma main. Sa paume est moite, une chaleur anormale. Nos transpirations se mélangent. Elle ouvre ses doigts et laisse passer l'air entre nous. Je sens le métal froid de ses bagues qui se détache de ma peau. Je surveille la position des pierres précieuses, j'ai peur qu'elles me piquent ou qu'elles me coupent avec leurs angles pointus. La première est une émeraude couronnée d'un halo de diamants, montés sur un jonc d'or, qu'elle porte au majeur. La deuxième, un anneau simple serti de trois petites pierres rouges, sans doute des rubis, un peu étroit pour son index. Un bourrelet de chair se forme sous sa phalange quand il fait chaud, l'été, après la promenade, ou quand elle fait la vaisselle. La troisième, ma préférée, est un saphir solitaire bleu nuit enfoncé dans des tresses dorées.

Issa m'a invitée à dormir chez elle.

C'est qui, Issa ?

Je t'en ai parlé. Elle est dans ma classe.

Je ne m'en souviens pas.

Sa mère t'a écrit un mot.

Je me suis interdit de parler d'Issa à ma mère. Je ne veux pas qu'elle la rencontre. Elle serait capable de tout gâcher. Il m'arrive pourtant d'oublier de me méfier. Quand elle me pose des questions et que je suis heureuse, je ne pense plus à ma promesse, je prononce son prénom malgré moi. J'éprouve d'abord un bonheur intense, comme si Issa avait surgi derrière mon dos, collé ses paumes sur mes yeux et crié, surprise ! Je réalise ce que je viens de faire, je me tais subitement, je tente de remettre les mots dans ma bouche et de les ravaler, de les cacher au fond de mon ventre. Ma mère fait celle qui ne remarque rien. Elle se force à sourire. La texture de l'air autour de nous change. Nous essayons de remettre la discussion en marche, comme deux cyclistes qui pédalent sur une pente difficile. Le moment s'effiloche puis s'évide, il se couche au bord du fossé. Ma mère trouve un prétexte pour me quitter, elle a des papiers à trier, du linge à faire tourner.

Cette Issa, je ne la sens pas. On ne s'invite pas, comme ça, chez les gens.

C'est elle qui m'invite. Après, ce sont les vacances. On ne se verra plus avant l'année prochaine.

Je ne sais pas, Elsa. J'ai envie de rester tranquille, qu'on soit toutes les deux. On vient juste d'emménager. Tu ne te rends pas compte, c'est beaucoup de travail, tout ça. Et puis, il n'y a pas que les copines, dans la vie.

Ça veut dire quoi ?

Ça veut dire que j'ai dit non.

Les voitures ralentissent au niveau du passage piéton. Je tire ma main hors de celle de ma mère. Mon front se crispe de colère. Je traverse la chaussée. Le goudron scintille dans l'humidité du soir. Je fixe le trottoir brillant, ses éclats innombrables me donnent un léger tournis. Ma mère me suit avec lassitude. Je contracte mes muscles pour ne pas ralentir. Je veille à ne pas marcher trop vite pour ne pas perdre la sensation de sa présence derrière moi. L'air moite et froid s'infiltre dans mes narines. Je croise les bras, mes semelles crantées martèlent le sol, des décharges électriques perforent mes chevilles. J'aperçois la porte en verre brun de l'immeuble, au bout de la rue. Je guette les chewing-gums et les crottes de chiens.

Je presse le bouton de l'ascenseur. Mon cœur bat à me fendre les côtes. J'entre dans la cabine, la moquette marron dégage une forte odeur de pluie. Ma mère commence à courir. Les portes se referment sur sa voix. Elle prend l'escalier et me rejoint sur le palier. Elle fait tourner la clé dans la serrure de la porte de l'appartement, je la pousse pour passer la première.

Au lieu de me diriger vers ma chambre, je prends à droite en direction de la salle de bains. Je ferme le verrou derrière moi. Je m'appuie contre le papier peint coucher de soleil, je lève la tête. Je tombe sur mes yeux qui me regardent depuis le miroir. Deux disques bruns brisés par la ligne nette de ma paupière, sous des sourcils en broussaille. Des cernes sombres empèsent mon regard. Mes cheveux blonds débordent de mon bonnet, coincés entre l'ourlet de laine et le col de mon manteau. Ma frange épouse mes arcades, sage et douce. Mon nez tombe sur ma bouche, soutenu par un os long et étroit, mes lèvres sont pâles et gercées, mes joues rougies par le froid et l'émotion que je viens de combattre. Je m'avance vers le lavabo, mon reflet s'enfonce peu à peu dans le rebord inférieur de la glace. J'aperçois le grain de beauté minuscule, presque beige, en haut de ma pommette.

J'arrache mon bonnet, je me débarrasse de mon

cartable et de mon manteau. Je grimpe sur le tabouret, celui que j'utilise pour me brosser les dents et cracher bien dans le siphon sans en mettre partout. Ma frange bouffe sous l'effet de l'électricité statique. Une formation de cheveux se détache, fine et floue, comme un nuage doré posé sur le haut de mon front. J'essaie de la défaire, de l'aplatir avec ma main, elle se reforme aussitôt. Je lèche mes doigts, je les enfonce vigoureusement à l'intérieur comme les branches d'un peigne. Non seulement le volume grossit, mais il prend en plus une couleur mordorée sale qui me fait penser au pelage des petits chiens graisseux qui tiennent compagnie aux vieilles dames de l'immeuble. Je pense à l'invitation d'Issa, balayée si injustement. Une rage triste me gagne. J'ai l'impression que la vie se moque de moi. J'ouvre mon cartable, je cherche ma trousse. Mes ciseaux sont à l'intérieur. J'attrape ma frange, je l'étire haut au-dessus de mon front. La pression des mèches enroulées autour de mes doigts coupe la circulation de mon sang. Le bout de mon index surgit du ruban blond tout rouge et tout gonflé. Je crois sentir la peau de mon crâne se décoller. Je crache sans le faire exprès. Je glisse mes cheveux entre les lames luisantes, je les referme sur eux. Ils plient mais ils ne cèdent pas. Je me dresse sur mes orteils, le rebord du lavabo au creux du ventre, je me penche vers le miroir. Ça sent le pourri, les feuilles d'arbres écrasées et le savon. Je positionne les lames à la perpendiculaire, je les fais claquer l'une contre l'autre. Les cheveux tombent en pluie légère devant mes yeux. Je les regarde flotter dans les airs, se poser à peine contre l'émail brillant.

Elsa ! Ouvre !

Ma mère frappe à la porte de la salle de bains. J'avais oublié que je m'étais enfermée à clé. Je reviens peu à peu à moi-même. Son poing tambourine, elle donne des coups de pied. Le bois craque, on dirait qu'il est sur le point d'éclater en morceaux. J'aperçois mon reflet dans le miroir, mon front nu, un fourrage informe à la place de ma frange.

Sa voix tonitrue dans le couloir. Je m'approche de la serrure, je tourne le verrou le plus silencieusement possible. Le mécanisme claque, la porte s'ouvre à toute volée. Ma mère surgit dans la salle de bains. Elle m'attrape par le bras, elle me pousse contre la baignoire, je tombe à genoux, elle m'oblige à me redresser. Ma bouche fait des grimaces silencieuses. Les bouteilles de gel douche, ma poupée sirène, les petits savons déformés sur le rebord assistent à la scène avec indifférence. Ma mère tire sur mes cheveux, elle me fait basculer vers l'avant. De l'autre main, elle s'empare du pommeau de douche et ouvre grand le robinet d'eau froide. Le jet s'écrase contre mon visage, il m'aveugle, me griffe. Je me débats, je crie de toutes mes forces. L'eau glacée coule dans mon cou et dans mon dos, elle s'infiltre sous mes vêtements. Ils s'imbibent, ils se plaquent contre moi comme des mains gelées sur ma poitrine, mon ventre, mes épaules. Du chaud inonde ma culotte. Je ne comprends pas tout de suite que je suis en train de me faire pipi dessus. Ma mère s'en aperçoit la première, elle colle le pommeau de douche entre mes jambes. Le jet puissant cingle mon sexe, il pousse contre ma peau comme un fagot de grosses aiguilles. Je hurle de douleur. Ma mère tire sur mon pantalon, elle asperge mes cuisses.

Dégueulasse !

Elle me lâche subitement et coupe l'eau de la douche. Je me tais, étourdie et trempée. Elle repose le pommeau derrière les robinets, commence à faire couler un bain. De la vapeur s'élève de la baignoire.

Déshabille-toi.

Elle quitte la pièce sans me regarder. De gros sanglots étreignent ma gorge, je n'ai pas la force d'y résister. Je passe la main sur ma tête. La zone est encore douloureuse. Mes doigts arrivent à ma mèche coupée, elle pique comme un paillasson. Je me remets à pleurer de plus belle.

La baignoire se remplit. Les nuées chaudes dansent au-dessus des parois roses et ocre, l'écoulement régulier du mélangeur tinte comme une cascade. J'ai l'impression que l'eau chante, qu'elle m'appelle à elle. J'enlève mes vêtements, certains sont mouillés et s'accrochent à ma peau. Je me glisse dans le bain brûlant. Mes muscles sont engourdis par le choc. Mon sexe se serre comme un escargot qui se réfugie dans sa coquille, il tente de se fermer pour de bon. Ma sirène tombe à côté de moi. Ou bien elle plonge, pour me rejoindre.

Je retrouve ma mère dans la cuisine. Elle est en train de couper des filets de poulet avant de les faire cuire à la poêle avec des petits légumes. Quand elle me voit, séchée et peignée dans mon pyjama, son mouvement se fige, le couteau s'arrête dans les airs.

Tu es affreuse.

Nous mangeons en silence. Elle m'observe, inquiète, presque douce. Elle semble s'être calmée, elle aussi. Je ne lève pas les yeux de mon assiette. Je me sens très fatiguée. Je coupe ma viande lentement, je prends des toutes petites bouchées que je mâche à peine.

Tu n'aimes pas le poulet, Elsa ?

Je n'ai pas très faim.

Encore trois morceaux. C'est bon. C'est des vitamines.

Elle plante énergiquement sa fourchette dans un

cube de filet grillé, avale une généreuse portion de légumes. Elle se tient droite, lancée dans une démonstration de santé et de bonnes manières.

Tu as réfléchi à ce que tu voulais offrir à ta grand-mère pour Noël ? Je peux t'aider à lui acheter quelque chose. On pourra aller faire les magasins ensemble, si tu veux.

Je réponds d'un vague hochement de tête. Ma mère me regarde. Elle pose ses couverts sur le rebord de son assiette. Elle se lève et vient m'embrasser sur le front.

Dis-le encore. Je t'aime qui ?

Maman.

Dis-le.

Je t'aime, maman.

Tu m'aimes très fort ? Très, très fort ? Plus que n'importe qui au monde ? Et tu n'aimeras jamais personne d'autre autant que tu m'aimes ? Et tu m'aimeras toujours ?

Je t'aime et je n'aime personne d'autre sur toute la terre, maman, et pour toujours.

Je t'aime, mon Elsa. Dis, je sais que maman m'aime.

Je sais que maman m'aime.

Elle m'aime très fort.

S'il te plaît.

Quoi ?

On peut dormir ? S'il te plaît ?

Elle n'a pas eu le choix. Le jeudi matin, nous sommes tombées sur Issa et sa mère qui venaient d'arriver à l'école. Elles attendaient que les marches se désencombrent pour passer à leur tour.

Je n'avais jamais vu la mère d'Issa. Elle lui ressemble. Ses cheveux sont bruns, des boucles souples lui tombent sur les épaules. Elle porte des lunettes de vue à verres ronds et très grands, ses dents dépassent légèrement de ses lèvres même quand elle ne parle pas. Son visage s'est ouvert d'un large sourire quand elle nous a reconnues, ses yeux se sont mis à luire avec gentillesse. J'ai eu peur qu'elle aperçoive mes cheveux coupés, planqués sous mon bonnet, mais elle n'a rien remarqué. Elle a serré la main de ma mère et nous a saluées d'une voix grave et douce.

Issa n'arrête pas de nous parler de sa nouvelle

copine, Elsa. Nous serions très heureux de l'avoir à la maison.

Elsa n'a jamais accepté une invitation de ce genre. Elle n'aime pas dormir chez des gens qu'elle ne connaît pas.

Tu n'as pas à avoir peur, Elsa. Nous sommes très gentils, tu verras.

Je ne sais pas. Peut-être qu'Issa pourrait venir à la maison, pour cette fois ?

Issa et moi nous sommes jetées dans les bras l'une de l'autre. Ma mère a déchiré une page de son agenda pour y noter notre adresse et notre numéro de téléphone, qu'elle a tendue à la mère d'Issa. Elles se sont articulé quelques précisions à l'oreille, puis nous les avons embrassées et les avons plantées là, sur le trottoir.

La pierre glacée de l'île au saule gèle mon pantalon. Je le sens à peine. Je suis heureuse. Issa se serre contre moi. Elle touche ma mèche coupée. Délicatement, d'abord, elle l'effleure, comme si elle avait peur de se blesser.

Pourquoi tu as coupé tes cheveux ?

Je hausse les épaules. Elle ne sourit plus. Ses sourcils froncent, ils sont très fins, ils ont l'air doux comme la fourrure d'un chaton. Elle observe les épis tranchés au sommet de mon front. Elle tâte, une par une, les pointes blondes et minuscules dressées vers le ciel. Autour de nous, les corps s'agitent et se croisent. Un match de football a commencé sur le terrain de jeu, mélangé à un épervier et à plusieurs parties de chat perché. Un groupe de filles passe près de l'île, elles échangent des messes basses et quelques rires. Issa ne semble pas les entendre. Je reste immobile, figée par ses caresses. Mes yeux se ferment doucement. Je presse mon bonnet entre mes doigts.

Le lendemain, nous prenons notre goûter, assises en tailleur sur la moquette vert menthe du salon. Des petits pains au lait industriels tartinés et un verre de lait. Sur la table basse, des miettes souples et dorées et des gouttes blanchâtres. Je regarde les pieds nus d'Issa à travers le plateau transparent. Le délicat de sa cheville, l'arrondi doux de son talon. J'ai envie de passer mon doigt sur sa peau, appétissante comme de la crème.

Vous ne pouvez pas manger proprement ?

Ma mère est entrée dans la pièce, attirée par nos éclats de rire. Elle nous dévisage, les yeux écarquillés, les deux poings sur les hanches. Elle considère notre désordre. Depuis que nous sommes rentrées de l'école, elle se déplace sans but, elle multiplie les allers-retours inutiles, un murmure fiévreux cousu aux lèvres. Elle porte encore ses vêtements de bureau, une jupe et un cardigan bleu marine. La maille de son collant laisse apparaître ses ongles et la peau de ses orteils, puis redevient sombre, presque opaque, autour de ses chevilles et derrière ses genoux. Son visage dégouline d'eau savonneuse. Les restes de son maquillage aggravent l'anxiété de ses traits.

Elsa, va me chercher une éponge pour nettoyer ça.

Je cours jusqu'à l'évier de la cuisine. Quand je reviens, elle arbore une expression nouvelle, que je lui ai rarement connue. Elle discute avec Issa, elle lui pose des questions. Issa semble prise dans des filets invisibles, elle déroule ses histoires comme une leçon apprise par cœur. Ma mère l'écoute sans lui couper la parole. Elle tient son menton entre ses doigts et ponctue son silence de hochements de tête attentifs. Ses yeux sont tendres. Elle sourit, détendue.

Je me campe devant elle, je lui tends l'éponge. Elle est lourde, l'eau retenue à l'intérieur macère depuis des heures. Elle tourne la tête. Sa mine s'assombrit. Elle m'adresse une moue dédaigneuse. Elle avise l'éponge avec dégoût.

Qu'est-ce que tu veux que j'en fasse ?

Je reste le bras levé, les yeux plantés dans les siens. Elle me toise d'un air qui semble vouloir me mettre en garde. Je cligne des paupières. Mon coude s'abaisse. Je commence à nettoyer la table. Je ne regarde pas Issa, je l'entends qui ramasse nos verres, je regrette qu'elle soit venue. Ma mère la remercie, elle lui lance un clin d'œil complice. Elle s'éloigne, victorieuse.

La soirée s'écoule, tant bien que mal, gâchée. Ma mère commande des pizzas, nous les mangeons devant un film. Elle ne nous quitte pas, elle s'attarde partout avec nous, pesante comme un ciel d'orage. Elle a mis des draps propres sur le lit du bas, elle a bien bordé la couette sous le matelas, j'ai rangé la table de chevet. Elle éteint la lumière de la chambre, elle nous souhaite une bonne nuit. Nous nous couchons, tapies l'une et l'autre en nous-mêmes, séparées et sans joie.

Le store de la fenêtre est à demi ouvert, la lumière électrique de la cour tapisse les murs. Mes yeux s'ouvrent et se ferment. Je ne sais plus où commencent les ténèbres, où elles prennent fin. Au-dessus de ma tête, les cloques enflées, le plafond lourd de calme. Le bois des sommiers laisse échapper des craquements discrets. La respiration sonore, saccadée d'Issa, monte à mes oreilles. Je me demande si elle dort. Elle a dû trouver cette soirée étrange, et ces lits superposés alors que je suis toute seule. Elle n'a fait aucune remarque. Sa présence chez nous, son regard sur nous me révèle des aspects de notre vie que je ne voyais pas. Elle en sait beaucoup plus sur moi que l'inverse, à présent. C'est injuste. Elle racontera tout à sa mère, une fois rentrée chez elle, et peut-être aux autres filles, à l'école. Je crains leurs commentaires, leur imagination. Je commence à comprendre les mensonges. Ceux qu'on invente pour se protéger, se tenir à l'écart du monde.

Dans le salon, la télévision se tait. J'entends grincer le cuir du canapé, ma mère se diriger vers la salle de bains. Un mince silence s'installe. L'obscurité gagne du terrain. Je crois percevoir les frottements de la brosse à dents, le bruit de ses vêtements qui glissent sur le sol. Je sais que ce n'est pas possible. À cette distance, à travers les murs qui se succèdent, rien ne passe.

Elsa ?

Le murmure pénètre l'ombre. Mes cheveux se dressent sur mon crâne. Pendant une fraction de seconde, je crois que c'est ma mère qui est couchée dans le lit du bas et qui m'appelle. Je scrute le moindre son. Issa se retourne, son mouvement fait tanguer les couchettes. Je guette la reprise de son souffle, la naissance de ses ronflements. Je n'entends rien. Un autre calme prend forme, une légère tension parcourt l'air. Il me semble qu'elle écoute, elle aussi. La nuit est lisse et noire, une surface d'eau immobile que rien ne perturbe, ni insecte ni mouvement de vent. Le sang bourdonne à mes oreilles. J'ai dû prendre un froissement de silence pour un chuchotement.

Elsa, tu dors ?

Cette fois, je reconnais la voix d'Issa. Légèrement grave, rayée par la fatigue. Mes muscles se contractent, tous d'un coup. Mes nerfs s'embrasent. Je plaque mes mains contre mon sexe, j'ai l'impression qu'un arbre le transperce, un tronc épais et droit qui surgit depuis le fond de mon ventre vers l'extérieur, ses racines emmêlées à mes entrailles. Issa imprime une pression dans mon matelas avec la pointe de ses orteils. Elle a dû comprendre que j'étais réveillée. J'enfonce mes ongles dans mon pyjama, je griffe mon sexe pour étouffer mon excitation. Je renifle mes paumes. Une odeur acide, agréable, je la respire jusqu'à ce qu'elle se soit dissoute dans l'air. Issa pousse encore, un franc coup de pied dans mon dos, mes reins se soulèvent et retombent. Je ne peux pas faire semblant de ne rien sentir, j'ai peur qu'elle croie que j'essaie de lui mentir.

Je descends par l'échelle. Dans l'obscurité du lit du bas, je vois une montagne qui souffle, sombre, irrégulière. J'avance à quatre pattes, comme un chat. Je me glisse sous la couette. La voix d'Issa me guide. Ses mains me cherchent. Ses doigts agrippent mes bras, elle m'attire à elle. Je sens le tonnerre qui se forme en moi, la foudre qui s'entraîne, les nuages qui s'alourdissent. Mes jambes faiblissent. Je m'enroule autour d'elle. J'écoute son cœur. Je me blottis dans ses bras comme un animal heureux. Je me donne à caresser. Elle plonge la main dans mes cheveux, ma tête posée sur sa poitrine, elle joue avec mes épines. Ça sent le jasmin et la vanille, la pâte à pizza, le dentifrice à la fraise.

Un désir insensé s'empare de moi. Je me dresse d'un coup, je m'allonge sur elle, je la plaque contre le matelas de manière à ce qu'elle ne puisse plus bouger. Mes doigts s'enfoncent dans ses cheveux, des vagues légères, enroulées à mes bras comme des serpents, je les saisis et elles m'emportent. J'embrasse les lèvres d'Issa, son cou, son ventre. Je lèche son pyjama. Des miettes de coton se collent au fond de ma gorge, elle s'assèche brusquement. Mes mains fouillent. Elles caressent ses bras, brûlants et nus, ses poignets minuscules. Mon front se cogne contre l'os de son pubis. Sa culotte est mouillée, comme la mienne, son odeur est encore meilleure, je tire la langue pour la goûter. Issa cogne ses jambes contre mes tempes. Ses deux mains sur ma tête, elle me repousse. Je m'accroche. Je presse mon nez contre elle, j'inspire. Je vois une forêt immense, des feuilles d'arbres qui dégorgent des gouttes de pluie. Je retiens un rugissement de lionne, je plante mes ongles dans la peau de ses cuisses, je tire sur sa culotte avec mes dents. Issa me frappe, elle y va de toutes ses forces. Un grincement aigu, imperceptible, s'échappe de sa bouche.

Des pas dans la cour. Une dame rentre chez elle. Ses talons claquent contre les pavés. La lumière du lampadaire transperce le store électrique. Issa ne bouge plus du tout. Ses jambes sont dures comme du marbre, ses poings serrés sous son menton. Je passe mes doigts sous sa culotte. Je cherche la fente, je contourne les trous. Je glisse mon index à l'intérieur du plus gros. C'est encore plus doux que doux, là-dedans, c'est tout mou et tout chaud. Ça chatouille, on dirait des langues, on dirait des petits poissons. Je pousse la culotte avec mon nez, je frotte mon visage contre son sexe. Il est dur et rond comme une pomme, un rocher lisse, poli par l'eau claire du bain et le passage du gant de toilette. J'ouvre grand la bouche, je plante doucement mes dents de lait dans sa chair duveteuse. Ma langue gonfle. Je veux tout avaler. L'air, la nuit, tout l'appartement, la chambre, la voisine avec ses talons, les meubles et le couloir et l'immeuble tout entier.

La mère d'Issa vient la chercher le lendemain matin. Elle remercie ma mère pour son invitation. Ses yeux pétillent, elle sent l'air frais. Elle caresse les nattes de sa fille. Elle plaisante.

Vous n'avez pas dû beaucoup dormir, les filles !

Issa a l'air morne et fatigué. Elle garde la tête basse. Devant l'ascenseur, sa mère se penche vers elle et lui demande si tout va bien. Je n'ai pas le temps d'entendre sa réponse. La porte d'entrée se referme sur elles.

Je passe l'après-midi allongée sur le lit du bas, à arpenter le souvenir de la nuit. Je suis pleine d'Issa, de son corps, de mon désir pour elle. Je cherche son odeur sur mes doigts, son image derrière mes paupières. Je voudrais qu'elle revienne, qu'on ne se quitte plus. Pourtant, je crains nos retrouvailles, convaincue qu'elles risquent d'abîmer quelque chose, que nous ne pouvons rien vivre de plus beau et que tout va paraître fade et décevant, teinté de regret, entre nous, désormais.

Ma mère passe la tête à l'intérieur de ma chambre, un magazine roulé sous le bras. Elle veut savoir ce que je fais depuis tout ce temps. Elle me gronde un peu de ne pas avoir assez dormi. Il reste une semaine d'école, ce n'est pas encore les vacances. Elle me parle d'acheter quelque chose de joli pour ma grand-mère, cette année. Il faudra s'en occuper avant de partir. Elle me demande si j'ai choisi ce que je voudrais lui offrir. Je n'y ai pas réfléchi. Elle dit qu'elle n'a pas d'idée, qu'il faudra que je l'aide. Je ne comprends pas pourquoi c'est si important pour elle, tout à coup. Je ne l'ai jamais vue s'inquiéter autant pour un cadeau de Noël.

Le lundi suivant, j'arrive tôt à l'école. Je me dépêche de m'asseoir sur le rebord de l'île au saule. La cour est à moitié vide. Elle semble plus petite. Les branches sifflent doucement au-dessus de moi. Le ciel est blanc sale, douloureux pour les yeux.

Les premiers élèves passent la porte du hall. Les groupes se forment. Deux filles sortent une corde à sauter. Elles s'entraînent à tour de rôle. Je compte les bonds. J'essaie de calmer mon impatience. Les minutes s'embourbent. Les battements de mon cœur s'intensifient. Soudain, j'ai peur qu'Issa ne vienne pas. J'imagine que la cloche sonne et qu'elle n'est pas là, qu'elle est absente aussi le jour suivant, que je ne peux plus jamais la revoir. J'ai du mal à rester tranquille. Je voudrais courir, faire le tour de l'île, mais j'ai peur de la manquer.

Elle apparaît, enfin, mêlée à un groupe de filles. Elle se faufile à l'extérieur du hall. Elle me voit. Elle détourne immédiatement les yeux, s'approche de la corde à sauter.

Je peux jouer ?

Elle semble de mauvaise humeur. Son teint est pâle. Ses cheveux brillent moins que d'habitude. Je me lève doucement, je ne la quitte pas du regard, j'attends qu'elle me fasse un signe. La voir me fait du bien. Quelque chose en moi a changé. Je suis pleine d'une chaleur nouvelle, un calme d'eaux profondes.

Une des filles tend la corde à Issa. Elle commence ses tours. L'air soulève ses cheveux. Son visage se concentre. Sa bouche s'entrouvre, elle respire par petites bouffées. Ses lèvres se mouillent, ses joues retrouvent leur couleur. Ses pieds rebondissent sur le sol. Ses jambes droites, contractées, son ventre dur et ses bras droits le long de son corps. Ses poignets donnent l'élan, elle saute, régulière, infatigable.

Les filles s'animent. Elles comptent les bonds. Les dizaines s'enchaînent. Issa fixe le bord de l'île au saule comme une ballerine suspend ses pirouettes à l'horizon. Je m'approche, lentement. Le câble en plastique jaune fluo tourne de plus en plus vite autour d'elle. Bouclier de vent, il tient les autres, et moi, à distance. Je voudrais être la seule qu'elle garde auprès d'elle, fouetter tout le monde jusqu'au sang, les chasser toutes d'ici.

La corde cingle la cheville d'Issa. Elle trébuche, pousse un cri, mélange de rage et de douleur. Elle s'éloigne, pose ses mains sur ses genoux et se penche en avant, son visage très rouge soudain, la respiration bruyante. La deuxième fille, qui attendait son tour, commence à sauter sur place. Je m'approche encore d'Issa. Elle est trop essoufflée pour me voir. Je la contourne. Je sens son odeur qui se mélange à la fraîcheur parfumée du début de l'hiver. Je vois ses boucles collées à ses tempes par la transpiration, le cramoisi de ses joues adouci par le brun de sa peau. Elle est belle. Les lèvres tremblantes, un grain de beauté sur sa nuque, tache noire interminable, le dessin de ses os, son cœur qui fait battre ses veines, son cou qui se contracte quand elle respire, Issa, si jolie, si parfaite. Je fais un dernier pas vers elle, je passe mes bras autour de ses épaules. Je pose ma tête contre son dos. Je la serre contre moi.

Elle se retourne brusquement. Sa main s'abat sur mon visage. Mes oreilles se bouchent, mon cœur monte dans ma poitrine. Elle me dévisage, la mâchoire et les poings serrés. Ses yeux furieux font fuir mes larmes. Je pose la main sur ma joue. Mes os tremblent sous ma peau. Autour de moi, des cris aigus s'élèvent, puis s'éparpillent.

La maman d'Issa a appelé. Elle dit que vous vous êtes couchées très tard.

Ce n'est pas vrai.

Vous avez dormi quand je vous l'ai dit ?

Oui.

Elsa. Tu sais que je n'aime pas le mensonge.

Je ne mens pas.

Vous avez fait quoi quand je vous ai demandé d'éteindre ?

Rien. On a joué. Un peu.

C'est quoi, un peu ?

Je ne sais plus.

Tu ne vas pas pleurer, quand même ? C'est moi qui me suis fait gronder par sa maman au téléphone.

C'est une menteuse. On n'a rien fait.

Qui est une menteuse ? Elsa ?

Je ne sais pas. De toute façon, ce n'est plus ma copine.

Issa ?

Oui.

Pourquoi ?

Parce que. Elle est conne.

Aujourd'hui, ma mère viendra me chercher plus tôt. À seize heures trente, elle se garera à côté de l'école, les valises dans le coffre, prête à partir. Ma grand-mère nous attend pour le dîner. Je ne devrai pas traîner dans la cour, sortir tout de suite après la classe. Je prendrai le goûter dans la voiture.

Je passe devant la queue de la cantine, où sont distribuées les tartines de beurre et de confiture. Issa attend parmi les élèves qui restent à l'étude, les bras croisés, le regard rivé vers le sol. Depuis qu'elle m'a giflée, nous ne nous sommes plus adressé la parole.

Je marche vite. Les fleurs géométriques imprimées sur les pavés de ciment, dans le hall, défilent sous mes yeux. Je descends les marches, je bouscule un homme et une femme qui se racontent leurs projets de vacances. Je m'écarte de l'attroupement qu'ils forment avec d'autres parents, une vingtaine d'enfants et plusieurs baby-sitters. Ma mère m'attend quelques mètres plus bas dans la rue, près de la portière ouverte.

Je regarde les gouttes devenir ruisseaux puis rivières puis gouttes à nouveau sur la vitre. La pluie bat la carrosserie, des gerbes d'eau giclent sur les pneus. Les arbres défilent à toute vitesse. J'ai à peine le temps de les voir, de distinguer la forme de leurs feuilles, leur inclinaison dans le vent, ils ont déjà disparu. Nous sommes parties depuis environ deux heures. Ma mère avise la route. Elle frotte la paume de ses mains contre le volant. L'intérieur gris grince autour de nous. La banquette arrière pique et sent la poussière, j'aime cette odeur de sable brûlé. Le murmure du moteur m'enveloppe. Mon cartable est posé à côté de moi, ma sirène couchée entre mes jambes. Je caresse la ceinture de sécurité à rebrousse-poil. Une irritation invisible naît au bout de mes doigts. Je cale mes talons contre mes fesses, je passe mes bras autour de mes genoux. Je saisis un cheveu sur ma tête, je l'arrache. J'approche la racine de mes yeux. J'observe le bulbe blanc, minuscule, une perle brillante, j'ai envie de le sucer.

Ma mère entrouvre la vitre. L'air froid s'engouffre bruyamment à l'intérieur de la voiture, elle la remonte aussitôt presque en entier. Elle allume une cigarette. Elle souffle vers les quelques millimètres fendus sur l'autoroute. La fumée lui revient. Elle forme un ciel gris, stagnant, au-dessus de nos sièges.

Maman ? Tu n'as pas oublié le cadeau ?

Je l'ai pris. Ne t'inquiète pas.

Je peux le voir ?

Il est dans le coffre, Elsa.

Mercredi après-midi, nous avons arpenté les couloirs du centre commercial pendant des heures. Elle ne trouvait rien qui pourrait plaire à ma grand-mère. Elle choisissait un article, le reposait quelques minutes plus tard et s'accablait de mots durs. Je pensais à Issa. Plein d'idées me venaient, des choses que j'aurais voulu lui offrir. Ma mère a finalement acheté une écharpe en laine et, de ma part, une paire de gants assortie. La vendeuse les a emballés dans du papier de soie, puis les a glissés dans une pochette en carton rouge couverte d'étoiles argentées, qu'elle a fermée avec un ruban sergé.

L'odeur de cigarette me pique les narines. Je me bouche le nez. J'ai l'impression que la fumée entre dans ma bouche, que je l'avale, malgré moi. Je me tords sur mon siège et donne un coup de pied dans le dossier du conducteur. Ma mère jette un coup d'œil dans le rétroviseur central.

Ne tape pas comme ça, Elsa.

Ça pue.

J'ai ouvert la vitre. On ne sent rien du tout.

On arrive bientôt ?

Si tu commences à t'exciter, le voyage va être très long.

Nous quittons la voie rapide pour nous enfoncer dans les terres. La pluie a cessé. Le contour d'un bois se dessine, en bordure d'un champ. Des fenêtres étroites et des fragments de rue éclairés ponctuent le paysage, éclats de villages isolés, rassemblés en guirlandes scintillantes. Le ciel est noir d'encre, nappé de bleu et de vert, les derniers reflets floutés, irradiants, du crépuscule. Un brouillard givrant parcourt la campagne. Pris dans la lumière des phares, il se transforme en une épaisse fumée blanche qui erre en volutes au-dessus de la route. On croirait traverser une terre hantée, un soir de fête ou de résurrection. Les esprits sortent en meute, à la chasse aux vivants, ils jouent des tours aux voitures empêtrées dans les ténèbres.

Ma mère essuie régulièrement la buée qui s'attache au pare-brise. Elle tente d'éviter à la fois le fossé et les véhicules qui circulent en sens inverse. La départementale égrène plusieurs communes, jusqu'au rond-point décoré que je reconnais, avec son bonhomme de neige en bois, sa boulangerie qui fait l'angle et, à l'entrée du centre-ville, ses longères alignées, desservies par des chemins herbeux et étroits. Ma mère donne un coup de volant sur la droite. La voiture grimpe sur une voie boueuse et s'immobilise devant une petite maison en ardoise.

Ma grand-mère lâche le voilage de sa fenêtre et s'empresse d'ouvrir la porte d'entrée. Elle apparaît sur le seuil, les manches de son pull retroussées, son gilet de laine bleu marine jeté sur ses épaules.

Bonsoir !

Ma mère ne répond pas. Elle descend de voiture, ouvre le coffre et commence à décharger nos affaires. Ma grand-mère attend, frissonnante, sur son perron. Une neige très fine tourbillonne autour de nous. Je ramasse mon manteau et mon bonnet sur la banquette arrière. Je traverse la langue d'herbe et m'approche de la maison, ma sirène dans les bras.

Comme tu es grande, Elsa ! Entre. Viens au chaud.

Elle se penche pour m'embrasser. J'oublie ma fatigue, l'atmosphère sombre du voyage. Je cours dans la salle à manger. Je suis accueillie par un parfum de soupe aux légumes, de désinfectant et d'aiguilles de sapin. Des assiettes creuses en porcelaine molle et une bouteille de vin rouge luisent sur la table. Un arbre clignote à côté de la fenêtre, des étoiles en plastique passent du bleu au rouge, au vert. Des guirlandes rouge et or enserrent les branches. Je reconnais les cadeaux miniatures, les boules légères, les anges en plâtre peint. Deux paquets attendent au pied de l'arbre, en avance sur le réveillon.

Ma mère entre à son tour, les bras chargés de sacs, une valise dans la main qu'elle laisse tomber sur le sol. Elle ferme la porte derrière elle, commence à dénouer son écharpe. Ma grand-mère attend de pouvoir l'approcher pour lui poser un baiser sur la joue. Ma mère la tient à distance avec son numéro d'effeuillage improvisé. Je pense au cadeau, glissé entre nos vêtements. J'espère que le paquet n'a pas été écrasé.

Installez-vous. Ça va être froid.

Je trempe de la mie de pain dans la soupe. Je mâche avec délectation. Je croque dans les morceaux de pomme de terre mal mixés, des filaments de poireaux se coincent entre mes dents. Ma grand-mère me pose des questions sur mon école, elle me demande si je me suis fait de nouvelles amies. C'est une femme petite et mince. L'âge lui donne l'air maigre mais elle ne l'est pas. Sa peau tombe un peu, elle laisse apparaître les os de son visage, de ses mains, de ses coudes. Elle a les cheveux très fins, gris, certaines zones de son crâne sont à peine couvertes, des taches et des grains de beauté sur une peau froissée, fine comme une paupière.

Ma mère cogne sa cuillère contre le fond de son assiette. J'évite de la regarder. Elle se sert du vin, s'éclaircit la gorge après avoir bu. Elle me reproche de parler la bouche pleine et me presse de terminer mon dîner. Je me tasse sur ma chaise. Elle se lance alors dans une description du nouvel appartement. Elle parle de l'espace gagné, de la lumière qui inonde les pièces, du calme de la cour. Elle s'applique à paraître enjouée sans trop en faire. Ma grand-mère écoute poliment. Elle l'interrompt pour distiller des conseils sur l'aménagement, le budget du foyer. La mâchoire de ma mère se crispe. Elle avale sa salive pour la détendre. J'ai peine à la reconnaître. Elle a l'air timide, presque craintif. Elle déploie des efforts immenses pour maintenir une expression douce sur ses traits. Je me sens étrangement proche d'elle. Elle parvient tant bien que mal à aller au bout de son état des lieux. Elle insiste sur le défi que représente le fait d'élever une enfant, aujourd'hui. Elle répète, Moi aussi, maman, je suis toute seule, tu sais. Elle tente d'expliquer ce qui pèse sur elle, sur les femmes de sa génération, et le prix des choses, et l'insécurité qui grandit, et la précarité qui la guette à chaque fin de mois. Ma grand-mère ne répond pas. Elle s'enferme dans un sourire aigre. Elle joue avec les miettes que nous avons laissées tomber sur la table. Sa paume sèche balaie la nappe. Elle regarde les bagues que ma mère porte à la main droite.

Elles te vont bien.

Ma mère perd ses mots, son visage se décompose brusquement. Elle baisse les yeux sur les pierres précieuses où les doigts de ma grand-mère sont venus se poser. Elle les a reçues pour ses trente-cinq ans, âge auquel sa mère en a hérité elle-même. Je connais bien cette histoire, je l'ai entendue souvent. Le dimanche, il y a bien longtemps, ma mère et ma grand-mère avaient pour habitude de rester chez elles, dans un rez-de-chaussée exigu loué à un commerçant de la ville voisine. Toutes les semaines, presque à la même heure, une vieille femme passait devant leur fenêtre. Elle frappait au carreau, elle demandait à boire. Ma grand-mère lui servait de l'eau. La vieille la remerciait et reprenait sa promenade. Un soir, un homme en costume s'est présenté avec trois bagues en or. La vieille femme était morte quelques jours plus tôt.

Ainsi s'est constitué notre trésor, comme dans un conte. Un legs aussi inattendu qu'incompréhensible, en guise de remerciement courtois, qui laisse entrevoir un cœur généreux et une fortune bien plus grande encore. Les bagues sont devenues le cauchemar de ma mère. Derrière les murs épais de la longère, les gifles pleuvaient. Ma grand-mère frappait du revers de la main, elle laissait des griffures de saphir à ses joues, à son dos. Ma mère en garde une cicatrice discrète, à côté de l'œil gauche.

Les doigts épais, gondolés de ma grand-mère caressent la main de ma mère. Un souffle très doux s'échappe du frottement délicat de leurs peaux. Ma mère se tient droite, raide comme une momie. Elle se laisse toucher, l'air mort, sans expression.

Ma grand-mère me demande de débarrasser mon assiette. Je ne bouge pas, je n'arrive pas non plus à lui répondre. Mes yeux sont rivés sur ma mère, sur ce qui se prépare en elle. Elle semble au bord de basculer, arrimée à la nappe, le poing serré sur les taches de soupe. Lentement, elle tourne la tête, son crâne coulé dans du plomb. Ses iris noisette virent au noir, le noir le plus noir, le plus profond que j'aie jamais vu. Ma grand-mère ne voit pas les eaux monter, la houle grossir autour d'elle. La vague s'abat, calme, étonnamment claire.

Je l'ai acheté.

Quoi donc ?

Mon appartement. J'ai fait un emprunt.

Tu as acheté ?

Oui. Avec mon nouveau travail, j'ai pu obtenir un prêt.

C'est bien. C'est très bien.

Merci.

Félicitations, oui. Bravo, ma fille.

Ma mère se tait, rouge d'émotion. Ses mains tremblent. Ses yeux brillent comme si elle avait de la fièvre. Ma grand-mère se lève et commence à essuyer la nappe. Elle entasse soigneusement les miettes dans le creux de sa paume. Demain, les goélands et les tourterelles envahiront le jardin, quand elle les dispersera dans le petit jour.

Dans la chambre à coucher, les draps sont propres et repassés, les oreillers gonflés. Nous dormons ensemble dans le lit odorant, ma mère et moi, quand nous venons ici. Ma grand-mère, qui se lève très tôt, déplie pour elle le canapé de la salle à manger.

J'enfile mon pyjama. Je sors le paquet rouge et argenté de la valise. Il est un peu cabossé. Je le dépose sur le sol pour ne pas qu'il s'abîme. Pendant que je me brosse les dents, je laisse mon regard se perdre dans les fleurs vertes du papier peint de la salle d'eau. Au bout de quelques secondes, j'ai l'impression de les voir bouger, s'épanouir. Je crache au fond du lavabo, je rince jusqu'à ce que la mousse disparaisse dans le siphon.

Ma grand-mère dispose les couverts pour le petit déjeuner du lendemain. Je m'arrête près d'elle et lui souhaite une bonne nuit. En guise de réponse, elle dépose un baiser et une caresse froide sur mon front.

Quand j'entre dans la cuisine, ma mère s'essuie les mains avec un torchon. La vaisselle propre est entassée dans l'égouttoir. Elle ouvre la fenêtre et s'adosse au mur pour fumer une cigarette. Je n'ose pas m'approcher. Ses yeux luisent toujours, une douceur rare illumine son visage. Elle sourit, pour rien, pour elle-même. Lorsqu'elle me voit, elle ouvre grand les bras. Je me précipite contre elle. Elle rit doucement, son ventre secoue mon visage. Elle m'installe sur ses hanches, j'enroule mes jambes autour de sa taille. J'enfouis ma tête dans ses cheveux. Je la serre contre moi. J'embrasse sa joue, fort et longtemps.

Je t'aime.

Elle éclate de rire et je tremble, je crois que nous allons nous mettre à pleurer toutes les deux. Je me sens légère, et elle vivante contre moi, débarrassée d'un poids immense. Elle me porte jusqu'au lit, elle borde ma sirène près de moi. Je m'endors presque tout de suite, la queue de poisson contre le cœur, les lèvres collées aux cheveux en plastique.

Je suis réveillée par des coups contre la porte de la chambre. Ma mère nous a enfermées à l'intérieur. La terreur me cloue sur place. Ma grand-mère crie de l'autre côté du mur. Sa voix épuisée crache des insultes, les débris de son cœur de vieille femme, froids et coupants, des éclats de verre pilé jetés à la face du monde. Je ferme les yeux et je prie pour que tout rentre dans l'ordre, que le silence soit réparable. Ma mère saisit les quelques affaires que je viens de déballer, les fourre dans la valise. Son visage est pâle et trempé. De la morve goutte au bout de son nez.

Elsa. Debout.

Je me glisse hors des draps, je ne sens plus du tout mes muscles, j'ai peur de tomber comme un pantin sans ficelles sur le sol. Elle ouvre la porte, elle bouscule ma grand-mère, qui se réfugie dans la cuisine. Elle aussi est méconnaissable. Ses dents serrées les unes contre les autres semblent prêtes à se fendre.

Ma mère me pousse, le manteau ouvert sur mon pyjama, dans la nuit glacée. Je me rappelle les cadeaux sous l'arbre décoré. Nous montons en voiture, le moteur tousse, ma mère l'insulte jusqu'à ce qu'il démarre. Elle fait demi-tour sur le chemin d'herbe givrée. J'aperçois la silhouette de ma grand-mère à la fenêtre. Elle nous regarde nous éloigner.

C'est une journée d'hiver froide et bleue. Noël est passé depuis plusieurs semaines. Plus tôt ce matin, ma mère a préparé nos affaires dans une grande confusion. Je l'ai regardée compter et recompter nos paires de chaussettes et nos petites culottes, assise sur son lit, ma frange, de nouveau trop longue, dans les yeux. Elle a appelé l'école pour prévenir que je ne viendrai pas en classe. J'ai retenu un soupir de soulagement. Depuis un an, aucune fille ne veut jouer avec moi.

Nous faisons le plein d'essence à la sortie de la ville. J'ai faim et soif. Ma mère m'achète une bouteille d'eau et plusieurs paquets de bonbons et de gâteaux à la boutique de la station-service. J'étale le tout sur la plage arrière de la voiture. Je pioche dans les sachets de plastique colorés, je laisse le sucre et la gélatine fondre sur ma langue. Je me régale. Ma mère fume au volant, la vitre entrouverte. Il fait très froid. Je me blottis sous son manteau. Je lui propose de temps en temps un bout de biscuit, une pastille au fruit. Elle se contente d'eau, qu'elle boit par petites gorgées.

Un médecin nous attend dans la maison de ma grand-mère. Nous le trouvons en train de discuter avec une jeune femme en blouse rose, son sac à dos posé sur la table de la salle à manger. Il porte un manteau de cuir retourné. Il s'est servi un café. Je regarde l'intérieur avec étonnement. Tout est à la même place mais semble différent. Il n'y a pas de décorations, pas de douce odeur de légumes bouillis. Ma grand-mère dort, la porte de sa chambre est entrouverte, j'aperçois ses pieds qui pointent sous l'édredon.

Le médecin accompagne ma mère dans la cuisine. Je reste avec la jeune femme sur le canapé. Elle essaie de me distraire avec des histoires bêtes. Elle me pose des questions sur ma sirène. Je lui réponds brièvement. Je cherche à distinguer ce qui se passe dans la pièce voisine. La voix du médecin résonne étrangement, elle fait presque trembler l'air. Celle de ma mère est plus basse, plus discrète. Ils échangent des mots que je ne connais pas. Ma grand-mère va mourir, je l'ai bien compris. Je ne saisis pas pourquoi on veut à tout prix m'éloigner de sa mort. Comme si elle ne me concernait pas. J'ai l'impression qu'on cherche injustement à m'effacer de l'histoire. J'ai besoin d'en voir le plus possible.

Le jour tombe. L'infirmière nous dit bonsoir, le médecin est déjà parti, il nous a laissé un numéro pour le joindre en cas d'urgence. Ma mère déplie le convertible. Elle me dit de me coucher. Je demande la permission d'aller embrasser ma grand-mère. Elle refuse.

Ce soir, il faut que tu te reposes.

Je me glisse dans les draps. Ma mère retourne auprès de sa mère. Elle laisse la porte ouverte pour pouvoir me surveiller. Je n'arrive pas à dormir. Il est tôt, encore, et la couverture me pique le visage. Je prends ma sirène, je la fais nager dans la laine. Je la guide, à quatre pattes sur le matelas à ressorts, jusqu'à apercevoir l'intérieur de la chambre.

Je reconnais le vieux miroir posé contre le mur, taché et veiné. Les rideaux blancs à la fenêtre sont tirés. On a mis des fleurs sauvages dans un verre d'eau. Ma mère est assise sur le bord du lit, la pièce est trop petite pour faire tenir une chaise à son chevet. Le corps de ma grand-mère est camouflé par plusieurs couches de duvets, son visage enfoncé dans ses oreillers. J'entends sa respiration énergique, acharnée. Sa poitrine se soulève et retombe au rythme des efforts de ses poumons. Sa lèvre inférieure commence à tomber, ses paupières à se rétracter. Sa peau est blanche, presque grise, sans contenance, comme un tas de cendres tièdes. Cette vision me glace. On la dirait branchée à une machine, une mécanique du diable qui la maintient vivante malgré elle, et la vie qui râle en elle, qui n'en peut plus d'être retenue là.

Ma mère se penche, elle enfonce le visage de sa mère dans sa poitrine. Ma sirène arrête de nager. J'ai envie de courir les séparer. J'ai peur que leurs os se brisent. Le dos de ma mère s'arrondit, sa tête s'enfonce dans ses épaules. Une profonde inspiration soulève sa colonne vertébrale, ses bras se figent dans un effort puissant. Elle embrasse le crâne de sa mère, elle la serre contre elle de toutes ses forces. Je n'entends plus rien, plus un souffle. Emboîtées l'une dans l'autre, elles ne bougent plus. Mes yeux fuient vers le miroir, ils suivent les veines noires jusqu'au cadre de la porte. Au-dessus, un Christ en croix.

L'étreinte dure, puis ma mère desserre son emprise. Elle repose délicatement sa mère dans les oreillers. Le dernier visage de ma grand-mère est froid, méchant et en colère. La vérité, peut-être. Une horreur à nu. Arrêtée, sa peau blanche comme une perle, ou comme une défense d'éléphant, blanc ivoire, légèrement jaune, un jaune doux, quelques taches rosées. Un hématome flou s'est formé sur sa tempe. Ses paupières se plissent, elles découvrent ses pupilles voilées. Son regard s'est dilué, une éclipse au milieu de l'œil, iris bleu mer, comme les yeux des nouveau-nés. Sa bouche s'ouvre, les lèvres emportées par leur poids dévoilent deux dents du bas, une canine et une incisive abîmée. Le haut de son corps s'allège, le sang quitte les joues, il ruisselle en cascades dans ses membres. Ses liquides vont croupir là jusqu'à ce qu'on la déplace. J'imagine des lacs, des flaques aux angles. À l'intérieur d'elle, un paysage, des dénivelés, des germes, le commencement d'une forêt, la moisissure qui la couvrira bientôt.

Ma mère, toujours assise, caresse les mains de sa mère. L'or et les pierres scintillent sur ses doigts, un trésor dans sa peau.

Ma grand-mère a été enterrée dans le petit cimetière du village, à quelques centaines de mètres de sa maison. Des voisins ont assisté à l'office, des couples taiseux dans des vêtements de laine que nous ne connaissions pas, dont elle ne nous avait même jamais parlé.

Nous n'avons pas remis les pieds chez elle. Le petit cortège s'est dispersé aussitôt la terre jetée sur le cercueil et après avoir serré la main de ma mère. En début d'après-midi, nous nous sommes retrouvées seules. Nous ne voulions pas rentrer tout de suite. Nous avons pris la voiture et avons roulé vers la mer.

Nous marchons sur le sable, jusqu'aux premières vagues. Le ventre vide me donne la sensation d'être plus légère que les mouettes qui tournoient au-dessus de nous. Mon manteau est fermé jusqu'au menton, mon bonnet enfoui sous ma capuche. Je tire sur la manche de ma mère une première fois. Sa main ne me lâche pas. Je tire encore, j'y vais de tout mon poids au bout de son bras. Ses doigts s'écartent et me libèrent.

Je commence à courir. La plage est si longue que j'ai l'impression de faire du surplace. Les falaises à la jointure de l'horizon paraissaient inatteignables. La mer balayée par le vent, le fracas de l'eau contre les rochers, des flocons d'écume mouillent mes joues. Le ciel s'est fermé, un plafond de nuages gris, épais, soutenu dans les airs par miracle, prêt à s'effondrer. Les crampons de mes bottes labourent le sable, il vole derrière moi en éclats mouillés, une neige brune et dorée. Les battements de mon cœur font trembler mes os, ma gorge, mes cuisses, mes poumons semblent sur le point d'éclater. J'accélère, je manque de tomber, emportée par ma vitesse, mes enjambées immenses. Derrière moi, je sens ma mère, sa présence lourde, lointaine, sa marche lente.

Je fais demi-tour pour venir à sa rencontre, je me jette contre son corps. Elle passe ses bras autour de moi. Je lève les yeux vers elle. Malgré la bruine et mon armure de tricot et d'imperméable qui me bouchent la vue, j'essaie de lire ce qui se passe dans son regard. Je ne vois rien. Seulement le reflet gris de la mer, les voiles repliées des bateaux, les coques qui tanguent, au large.

ÂGE DEUX

La cuisine a très peu changé. Deux réfrigérateurs s'y sont succédé. Celui-là est jaune moutarde, dans un style rétro américain. Elle l'a trouvé d'occasion, sur un site de vente entre particuliers. Elle m'en a parlé pendant des semaines. Elle avait envie de changement, disait-elle. L'effet est réussi. Je m'attends à tout moment à recevoir un appel rageur qui m'annonce que l'engin est tombé en panne, mais depuis deux ans, il tient bon.

Le reste de la pièce n'a pas bougé. La table a pris un peu de jeu, nous revissons les pieds régulièrement. Les chaises ont été remplacées par des tabourets, plus étroits. Ils permettent de se faufiler facilement le long des murs, qui font office de dossier. J'ai suggéré à ma mère de repeindre les placards en jaune, elle m'a répondu d'un geste vague, qui pouvait signifier la paresse comme l'exaspération.

Depuis que je ne vis plus ici, j'ai perdu mon mot à dire sur les choix d'agencement et de décoration.

Avec les années, le salon a été un peu laissé à l'abandon. Des meubles cohabitent, de modes et de goûts différents. Certains viennent de la maison de ma grand-mère, que nous avons récupérés après sa disparition. Le tapis qui protégeait le parquet de sa chambre et qui était aux trois quarts caché par le lit en merisier erre à présent sur la moquette vert menthe, entre la cuisine et la porte d'entrée. Son médaillon, longtemps protégé de la lumière, a conservé ses couleurs intactes. La lampe vitrail art déco de sa salle à manger prend la poussière au pied du balcon, à côté d'un broc en terre surmonté d'un abat-jour à chouettes hulottes trouvé sur une brocante. Le bas d'un buffet ancien se serre contre l'étagère en rotin où sont entassés les livres de poche et les albums photo.

Ma mère ne range rien. Quand je ne supporte plus de voir le désordre s'accumuler, je fais des piles que je dispose aux angles des meubles ou que je dissimule dans les tiroirs. Il y a de tout, qui traîne. Du courrier en retard. Des calepins. Des vieux porte-monnaie. La reproduction d'une affiche des années 1960 pour la promotion de la plage de Saint-Cast-le-Guildo qui attend d'être punaisée. Des reçus de carte bleue aux caractères effacés. Des échantillons gratuits de crèmes et de parfums. Des coupons et points de fidélité en tous genres.

Des cendriers sont disposés un peu partout dans l'appartement. Ils viennent de bars ou de marchés aux puces, à l'exception de celui que je lui avais fabriqué à l'école primaire, une sorte d'aberration en papier mâché, et d'un autre que je lui ai offert à l'occasion de sa fête, en bois avec un fond en miroir. Mon préféré, en verre, trône à l'angle du buffet, prêt à basculer sur la moquette. Les cendriers dessinent une carte intime, une constellation de centres qui rend l'espace lisible, son éclatement confortable. Ils révèlent les endroits où ma mère passe du temps. Le seuil du balcon. Près de sa table de chevet. Sous la fenêtre, dans la cuisine. À côté de l'ordinateur portable, branché en permanence, sur une console qui sert également de bureau. Au pied de la télévision à écran plat qui paraît immense par rapport aux dimensions de la table basse et déraisonnablement proche du canapé. Je me demande comment elle peut la regarder sans se brûler la rétine. Elle sert de bruit de fond quand nous déjeunons dans la cuisine, assises toujours aux mêmes places, l'une en face de l'autre, de chaque côté de la fenêtre. De temps en temps, nous y jetons un coup d'œil, de loin.

Ma mère pèle une poire pour le dessert. L'arrondi du fruit pèse au creux de sa paume. La lame coincée dans le pli de son index, parallèle à la peau du fruit, se glisse sous l'épicarpe et pénètre lentement la chaire dure et juteuse. Elle laisse les lambeaux de peau verte s'accumuler parmi les reliefs de viande mijotée et le jus de cuisson qui stagne dans son assiette. Son visage a épaissi. Ses yeux baissés sur son ouvrage sont presque entièrement recouverts par leurs paupières. Sa chair s'est alourdie, quelques millimètres pendent à l'angle de sa mâchoire comme des fanions inclinés. Sa figure varie peu, elle qui était aussi changeante qu'un ciel de bord d'océan quand elle était plus jeune, il semble que les tempêtes et les éclaircies soient passées sous sa peau, qu'elles l'agitent et la consolent de l'intérieur. Elle a gardé des cheveux de petite fille, blonds et très fins. Aucune mèche n'a encore viré au blanc. Elle croque la pointe de la poire avec un petit sourire heureux. Elle a toujours été inquiète de son poids. Depuis sa ménopause, elle se rationne drastiquement. La semaine, qu'elle passe seule chez elle, elle n'ingurgite que des soupes et des salades qu'elle arrose de café noir et de fumée de cigarettes. Elle m'explique qu'il faut choisir entre conserver ses seins ronds et garder ses fesses fermes, entre avoir bonne mine et préserver sa ligne. Elle me passe discrètement en revue chaque dimanche, au moment où j'enlève mon manteau. Ses yeux me sondent de haut en bas. La veille de ma venue, je me borne à un casse-croûte léger, et le matin, j'évite de prendre un petit déjeuner. Elle prépare des plats en sauce, de la blanquette de veau à la crème et aux champignons, des spaghettis à la carbonara. Suivent une sélection de fromages, un dessert et une friandise pour accompagner le café. « Il n'y a rien de mauvais, là-dedans. » Rien de mauvais, ça veut dire rien de gras. Il me plaît aussi de me sentir légère, animée par le nerf du ventre vide. Je redoute de m'empeser le jour où mon corps brûlera moins fort. Le moment venu, je suivrai son exemple.

Tu avais l'air un peu fatiguée tout à l'heure. Tu as mangé ?

Pas encore. Je viens d'arriver chez moi.

Tu as une petite voix, Elsa.

Je ne vais pas tarder à aller me coucher. Je n'ai pas très faim.

J'ai quitté l'appartement de ma mère au printemps 2007. Je loue depuis neuf ans un studio dans un immeuble ancien, situé dans un quartier proche du centre-ville, où les prix restent abordables. Vingt-huit mètres carrés mansardés, au cinquième étage, avec beaucoup de ciel. Une pièce unique, réunion de deux anciennes chambres de bonnes, avec un vrai parquet qui grince, une cheminée qui ne marche plus et un coin cuisine.

J'ai placé mon lit juste en dessous de la grande lucarne qui permet à la lumière de pénétrer dans la pièce. Ainsi, je peux regarder dehors quand je suis allongée. Depuis ma place, je vois un bout de toit, l'angle d'une façade de briques, quelques rideaux répartis autour de la cour intérieure et la nuit nuageuse. Des éclats de voix montent des bars du voisinage, hissés par le vent, suivis du vrombissement engourdi des voitures qui démarrent au feu vert. Je n'envie nullement la vie qui s'ébroue sans moi. Je me tiens au bord du monde des autres. Régulier, prévisible, il me rassure. J'ai planté des verveines, des pourpiers et des diascias dans les jardinières, avec un peu de jasmin étoilé. Un mélange de fines touches blanches, roses, jaunes, violettes, orangées et de feuilles vertes de tailles différentes déborde sur le fer forgé. J'ai choisi les plants chez le fleuriste de ma rue. Je les ai pris parce qu'ils avaient l'air doux. J'ai demandé conseil, je voulais des espèces qui survivent au froid et dont je saurais m'occuper. Je les arrose plusieurs fois par mois. J'enfonce mon doigt dans la terre pour vérifier qu'elle est bien sèche et ne pas la saturer, je laisse couler un mince filet d'eau au pied des tiges. Quand un bruit de pluie éparse tinte sur le toit, je m'arrête. Je regarde les lignes rouges laissées par les gouttes qui glissent sur les tuiles, emportées par leur poids.

La lucarne est encadrée par un reste de papier peint ancien, les seuls lés que le propriétaire n'ait pas arrachés. Sur un fond bleu sombre, gaufré d'un tressage délicat en forme d'épis de blé, des fleurs sauvages semblent danser tout autour du rectangle de ciel. Corolles ouvertes ou pétales penchés, les branches emmêlées les unes dans les autres, les massifs reviennent à l'identique sur quelques mètres carrés à la verticale. Je m'amuse à suivre leurs courbes du bout du doigt, je me laisse prendre par leur ronde. Parfois, le mouvement de mes yeux s'affole et, soudain, je ne suis pas en présence d'un décor délicat mais d'une tempête violente, et les corps frêles des végétations menacent de s'arracher à tout moment du papier sous la puissance des rafales.

Au-dessus des plaques électriques de la cuisine, une petite fenêtre s'ouvre en soufflet pour permettre l'évacuation des odeurs de cuisson. C'est ici que je m'installe pour fumer. Quand j'ai fini, j'aère et je nettoie la cendre pour que l'odeur ne se fixe pas, puis j'allume une bougie parfumée à la vanille. De l'autre côté du plan de travail, à droite du lit, des étagères creusent un pan de mur. Je les ai peintes en blanc. J'entasse beaucoup de livres. Je ne lis pas. J'ouvre un roman, les lettres me piquent les yeux, j'ai du mal à respirer. Je n'ai pas plus de succès avec les films. Je ne peux regarder que ceux que je connais déjà.

Ce que je préfère, quand je m'ennuie, c'est prendre un bain chaud. Je me plie en trois, les deux hanches serrées contre les parois de la baignoire sabot. Un jet dru, brûlant, jaillit du robinet et s'écrase contre mes pieds. Je m'immerge jusque sous les seins. Au-delà, la cuve risque de déborder. Je laisse la porte et le rideau de douche ouverts. Une bouteille de shampoing et un tube de gel douche à l'amande sont coincés derrière les arrivées d'eau. L'émail a une teinte légèrement jaune qui ressort contre le carrelage gris perle du mur. Le robinet goutte, j'écoute l'écho se dissoudre dans l'air. De la vapeur s'élève de la surface, traversée par la lumière froide, un peu triste, du plafonnier. Mon dos glisse vers le fond de la baignoire, mes jambes émergent, la bonde s'enfonce entre mes fesses.

Sur le rebord, à ma gauche, repose la poupée sirène que ma grand-mère m'a offerte quand j'étais petite. Quand elle est sèche, ses cheveux forment une jungle de nœuds indémêlables. Sa peau de plastique a pelé par endroits. Son visage est en partie effacé. Il lui reste un peu de rose sur sa bouche entrouverte. Deux points noirs rappellent son regard, le bleu a disparu. Ses nageoires sont tordues, sa queue est déchirée, une petite boule de mousse blanche sort par un trou qui lui donne l'air de moisir. Je l'attrape par la taille et gratte les rebords du trou. J'ai envie de l'ouvrir encore plus.

Ma mère n'est venue ici qu'une seule fois, avant que j'emménage. Elle voulait pouvoir se représenter l'endroit où j'allais vivre. Le soir de mon départ, j'ai découvert qu'elle possédait une clé de ma chambre qu'elle gardait cachée depuis des années dans le tiroir de sa commode, enfouie sous ses petites culottes. La pensée qu'elle aurait pu verrouiller la porte de l'extérieur, à mon insu, à tout moment, me donne un mal de crâne insupportable.

Pour m'occuper, je fais défiler les photos de personnes que j'ai perdues de vue sur les réseaux sociaux. J'aime aussi aller sur des forums de discussion où des gens se retrouvent pour faire l'amour. Je m'invente un âge, un poids, une apparence. Je lis ce qu'on m'envoie, je préfère les situations simples, réalistes, j'imagine que l'autre se masturbe pendant qu'il m'écrit, je me demande comment il arrive à tout faire en même temps. Parfois, je me touche aussi. Le plus souvent, j'attends que la conversation se termine, je me déconnecte et je m'enfouis sous la couette pour me faire du bien.

Le mois dernier, un couple a emménagé dans le studio voisin. J'entends leurs gémissements à travers la cloison. Je passe un oreiller entre mes jambes, je bouge le plus doucement possible, j'essaie de n'émettre aucun son qui trahirait le plaisir qu'ils me donnent. Je peux aussi utiliser ma sirène, s'il m'arrive de les surprendre quand je suis dans mon bain. Je faufile sa queue entre mes fesses, j'écrase sa tête contre mon sexe, son crâne écarte mes lèvres, j'appuie pour le faire rentrer, je joue du poignet pour trouver le bon angle. L'homme a une voix aiguë, plus que celle de la femme, qui pousse des râles graves et récurrents, tandis que lui ne s'autorise que des petits cris quand il approche de l'éjaculation. Je devine à leur expression suppliante qu'il ne peut plus se retenir, qu'il va bientôt se déverser et remplir sa compagne. C'est le moment que je préfère. Elle aussi doit le savoir, car elle l'encourage, les sons qu'elle produit changent, elle imite les actrices de films pornographiques. J'essaie de faire abstraction de sa vulgarité et je me concentre sur lui. Je serre le duvet, ou la tête de la sirène, c'est selon, entre mes jambes. Je me termine. J'aimerais gémir avec lui, parfois, j'imagine que ça décuplerait ses sensations, et son cri alors serait terrible. Dès qu'il retentit, je jouis.

Tu te sens mieux ?

Oui. Un petit coup de fatigue, rien de grave.

Tu ne te reposes pas assez. On devrait partir en week-end toutes les deux.

Tu voudrais aller où ?

Je ne sais pas.

Quelque part où on peut se baigner.

Tu n'aimes pas l'eau, Elsa.

Ce n'est pas vrai.

Tu détestes nager.

Non. J'adore, maintenant.

D'accord. Si tu le dis.

Je l'aperçois près d'une pile de cageots vides, à l'entrée du marché. Elle porte sa parka grise et son bonnet à visière. Un panier d'osier est posé sur le sol, à côté d'elle. Elle fronce les sourcils et scrute la rue dans ma direction.

Le marché compte une cinquantaine de stands, répartis de part et d'autre d'une avenue bordée de pavillons en meulière et de petits immeubles. Quelques commerces, une boulangerie, un supermarché, une droguerie qui vend des ustensiles en plastique sont ouverts. Tout au fond, les portants de vêtements, de sacs et de coques de téléphone, que nous ne visitons jamais. À l'autre extrémité, immédiatement après les barrières amovibles qui bloquent l'accès aux voitures, les primeurs se tiennent au coude-à-coude, escortés par les fleuristes et les petits producteurs de miel. Plus loin, les fromagers, deux rôtisseries, plusieurs bouchers, un auvent rouge qui abrite des cuves d'huile bouillante où un couple prépare des beignets chinois et des barquettes de riz. Le contraste est frappant entre les étalages surchargés de produits apprêtés, importés d'Afrique ou des serres d'Europe de l'Est, et les tables couvertes de toile cirée où sont vendus à la pièce des légumes aux formes étranges, fraîchement cueillis et encore couverts de terre. Les marchands ressemblent à leur marchandise. Les uns, tirés à quatre épingles, les cheveux gominés, l'écharpe parfumée, les autres, le teint frais, la mine creusée par les chargements aux aurores, en veston doublé et pantalon de travail enfoncé dans des bottes en caoutchouc, la boue cramponnée à leurs semelles.

Ma mère me guette à travers la foule, un sourire figé sur les lèvres. Un tricycle manque de me rouler sur le pied. Je contourne un caddie rouge foncé. J'arrive à sa hauteur, elle m'enlace et me tend sa joue. Sa peau est très douce. Lorsque je l'embrasse, j'ai l'impression de goûter une saveur ancienne, un secret millénaire oublié au fond d'une tombe. Elle semble enveloppée d'une étoffe de soie, pas plus épaisse qu'une feuille, solide comme l'écorce d'un chêne. Elle s'écarte pour me faire face, elle me dévisage quelques secondes. Je remarque que son panier contient déjà plusieurs sacs en papier kraft, gros de fruits et de légumes.

Bonjour, ma chérie.

Tu as terminé tes courses ? Tu aurais pu m'attendre.

Il n'y avait personne quand je suis arrivée. J'en ai profité.

Je n'aime pas choisir mes produits seule. Ça m'ennuie, d'une part, et de plus je ne sais jamais quoi prendre. Je ne prévois pas à l'avance ce que je vais manger pendant la semaine. J'improvise mes repas en fonction de ce qui me fait envie parmi les plats préparés de la supérette, à l'angle de ma rue. Je n'ai pas la patience de cuisiner. D'ordinaire, ma mère prend un temps infini à observer les étalages. Elle hésite, elle me demande mon avis, elle n'écoute pas vraiment la réponse. Je suis toujours d'accord avec elle, comme j'adhère à ses revirements. Je bâille dans le col de ma veste. Elle s'étonne que je n'aie besoin de rien. Je prétends qu'il m'en reste de la semaine précédente. Si elle insiste pour que je ne reparte pas les mains vides, j'achète la même chose qu'elle ou bien je la laisse décider pour moi.

Je vais faire la queue au camion rôtisserie. Fais ton tour, pendant ce temps.

Elle tourne les talons et s'éloigne. Je me dirige sans conviction vers le stand le plus proche, je fais semblant de regarder les légumes. Un homme en doudoune jette des carottes dans une pochette en papier. À ses côtés, une adolescente à la mine endormie choisit des choux de Bruxelles qu'elle dépose mollement dans un sac en plastique bleu. Ses bagues en argent sont propres, ses ongles taillés en pointe.

J'enfouis mes poings dans mes poches, mon menton dans mon écharpe. Immobile, je sens que je me rafraîchis. Je fais quelques pas de côté, je m'arrête devant les fruits. Le marchand parle d'une voix forte. Ses mains sont épaisses, sillonnées de crevasses brunes. Il a les cheveux en brosse et la peau du visage rongée près des oreilles. Je me demande quels cris il pousse quand il fait l'amour. Il se tourne vers moi, il me demande ce que je veux. Je désigne un cageot de poires. Ce ne sont pas celles que j'achète d'habitude, ni le bon marchand. Je prends toujours des Conférence à la même femme, qui ne vend quasiment que ça, ainsi que plusieurs variétés de noix et d'oignons.

Si l'on suit la Seine en direction du Vexin, on arrive dans un parc naturel. Par là-bas, c'est truffé de châteaux. Je ne sais pas s'ils se visitent. On pourra les regarder depuis la route. On croise aussi Giverny. Le jardin doit être en fleurs. À Rouen, il y a la cathédrale et la vieille ville, on peut se balader, manger un morceau. Au-delà, on trouve Honfleur, le port et les bateaux. Plus au nord, les falaises d'Étretat. Au sud, Cabourg, tout ça, mais ce sont surtout des boutiques chères et des casinos, pas très intéressant. Si tu préfères, on peut simplement se préparer un pique-nique puis descendre le fleuve. Ou alors on se trouve un petit gîte quelque part au calme et on ne bouge plus. Elsa, tu m'écoutes ?

Oui. C'est très bien. Tout me va.

Ne dis pas ça. C'est bien si on décide ensemble.

Je ne connais rien, je ne peux pas te dire ce que j'en pense.

Si tu n'as pas envie, on laisse tomber. Inutile de te forcer.

Mais non.

Fais un effort, alors.

J'aimerais bien partir loin, pour une fois.

Ce n'est pas toi qui conduis. Tu devrais passer le permis. Depuis le temps que je te le dis.

Je me lave les mains à l'eau savonneuse pendant qu'elle range ses achats, accroupie devant le réfrigérateur jaune. Le poulet rôti et ses pommes de terre encore emballés reposent sur la table. La fenêtre est entrouverte, coincée à sa base par un cendrier pour qu'elle évite de claquer avec les courants d'air.

Je fais glisser le poulet entier et sa garniture dans un plat en verre. Elle l'a pris beaucoup trop gros. De quoi nourrir quatre personnes. Je suggère de n'en réchauffer qu'une moitié et de garder l'autre pour plus tard. Ma mère accepte, à mon grand étonnement. Elle déteste les restes, elle dit qu'ils finissent toujours par être jetés. Je redoute qu'elle me demande de les emporter chez moi. La viande blanche sèche vite et je n'aime pas la manger froide. Je coupe la volaille en deux avec un long couteau de cuisine, je recouvre la plus petite part de papier aluminium et la réserve au frais. Ma mère arrose le reste d'huile d'olive et de sel avant de le mettre au four.

Nous nous installons autour de la table. Le parfum du rôti se distille dans la cuisine. Elle tire un paquet de cigarettes de la poche de sa chemise en laine. La danseuse sur l'emballage a été remplacée par la photographie d'une bouche édentée et sanglante. La pierre de son briquet craque, elle fume, le visage tourné vers le soleil qui tente une percée à travers les nuages. Un sourire calme, inconscient, lui pousse lentement.

Je te sers ?

Dans l'assiette posée devant moi, elle dispose un généreux morceau de blanc et une dizaine de pommes de terre, qu'elle recouvre de peau grillée et de sauce. Elle plante ensuite le couteau sur le côté de la carcasse et découpe une aile. Elle aime ce qui se ronge, c'est ce qu'elle préfère. Je le lui laisse volontiers. Je déteste cette partie de la volaille. Il faut tourner dans tous les sens et on s'en met partout, et puis la viande a différentes couleurs et différents goûts, on ne sait jamais sur quoi on va tomber. Je déchire le blanc, il se fend sans résistance. J'avale sans prendre le temps de mâcher. Ma mère arrache un morceau de chair cuite avec sa fourchette, un bout reste collé à l'os. Elle pose ses couverts. Elle grignote, lentement. Le bout de ses doigts brille, un mélange de salive et de sauce, des taches blanches sur ses ongles en amande, les mêmes que moi. Nous avons des mains identiques. Seule l'épreuve du temps permet de les distinguer. Elles prennent chacune leur caractère, se blessent à différents endroits. Nos os ressortent au niveau des articulations. L'index et l'annulaire sont courbés vers l'intérieur, ils semblent vouloir se rejoindre. Sa paume est charnue, la mienne creusée, ses doigts sont plus épais, plus solides que les miens, frêles encore et espacés, trop fins pour se toucher quand je les rassemble. Elle ne quitte plus les bagues qui lui viennent de ma grand-mère. Elles ont pris chair dans sa chair, comme si les pierres précieuses avaient poussé sur ses phalanges, le métal coulé de sa peau. « Elles seront à toi, un jour. » Je ne la crois pas quand elle dit ça. Il faudrait les scier, désincruster le métal d'elle. Ce serait un carnage.

Il faudrait que tu me dises ce que tu veux garder. De tes affaires.

Quelles affaires ?

Dans la chambre bleue. C'est là depuis des années, ça ne sert à personne.

Je regarderai.

J'ai tout mis dans des sacs.

C'est quoi, l'urgence ?

J'ai fini de rembourser le prêt pour l'appartement. Je voudrais vendre, à présent.

Tu veux partir ?

Je veux acheter autre chose. Ailleurs.

Tu ne connais personne, nulle part.

Je rencontrerai des gens nouveaux.

Et moi ?

Toi ? Tu es grande. Tu n'as plus besoin de moi.

Ce n'est pas la question.

Ne commence pas. Est-ce que tu prendras un dessert ?

Je décline d'un mouvement de tête. Ma mère cogne ses bagues entre elles, nerveusement. L'or érafle l'or. Les pierres crissent. Un courant d'air froid s'engouffre entre nous, il balaie la table et chatouille mes joues. Elle écrase sa cigarette. Une braise fume dans le cendrier, elle la poursuit quelques secondes, de quoi voler sa solennité à l'instant, puis ferme la fenêtre.

La rumeur de la cour s'estompe. Elle ramasse nos assiettes, les pose dans l'évier. Elle se sert un verre d'eau qu'elle avale d'un trait et presse le bouton de la cafetière, qui se met à souffler. Mes yeux s'échappent vers les façades en vis-à-vis. Des traînées vertes et noires de saletés dégoulinent sur le mur de l'immeuble. Elles ont l'élégance d'un drapé sur une robe bouffante, le délicat d'un bouillonné de perles et de mousse tissés patiemment par la pluie. Je scrute une silhouette derrière une vitre, le reflet du ciel sur le verre la dissimule au dehors. Quelqu'un a l'air de faire la vaisselle, ou de préparer le repas. Je discerne des gestes précis, des mouvements rapides.

Elsa, je te rappelle pour les dates. Tu devais me dire quand tu étais disponible.

Je suis occupée.

J'ai trouvé un gîte en pleine nature, à quelques kilomètres de Fécamp. Ça va te plaire.

Je ne sais pas où c'est.

Il n'y a qu'une seule chambre avec un grand lit, ça ira ? On n'y va pas pour rester enfermées, non plus.

On peut se parler plus tard ?

Rappelle-moi quand tu as fini ce que tu es en train de faire. Je réserve.

La chambre bleue, c'est ainsi qu'elle appelle ma chambre, à présent. S'il n'y avait la moquette, on se croirait ailleurs. Le store de la fenêtre s'est définitivement bloqué. Il règne à l'intérieur de la pièce une pénombre constante. Le panneau de l'armoire repose sur le sol, contre les étagères vides. La poignée de la porte est brisée, le métal tranché net.

Le sommier de ma grand-mère, garni d'un matelas neuf, remplace les lits superposés. Quand on l'a installé, je refusais d'y dormir. Le souvenir de son corps étendu sous des kilos d'édredons me glaçait le sang. Tous les soirs, ma mère redoublait d'arguments pour me rassurer. « Tu as de la chance. Un lit de grande pour toi toute seule. »

La couette, enrobée d'une housse couleur crème, semble flotter dans l'obscurité. Une nuée d'ombre grise ondoie dans les plis du coton. Elle s'évapore quand je cligne des paupières. Je regarde les crevasses douces des oreillers, les rides du duvet affaissé sous le poids d'une carcasse de grand abat-jour. Les draps paraissent chauds, comme si un dormeur venait de les quitter. Les murs exhalent une odeur acide de sueur et d'air recraché dans la nuit, de poussière et de manque d'aération.

À côté du lit trône un tas de sacs-poubelle à demi pleins, la gueule grande ouverte. Je m'accroupis devant eux, une main par terre pour ne pas perdre l'équilibre. Elle n'a rien trié. Elle a empaqueté sans y regarder, comme si tout lui appartenait. J'aperçois, pêle-mêle, des têtes de poupées, une vieille trousse maculée d'inscriptions au Tipp-Ex, plusieurs peluches. Je plonge le bras, je touille, émergent des crayons pastel, des cartouches d'encre, des jeux de société, des cahiers, plusieurs livres d'images, des cartes à jouer, des vêtements minuscules. Je retrouve un dessin que je lui avais offert pour son anniversaire, des lettres que je lui avais écrites. Un livret de quatre pages, une histoire inventée et illustrée par mes soins, celle d'un château enchanté, capable de voler dans les airs et de faire le tour du monde. Une photo de classe froissée, des clichés que j'avais mis dans des cadres et posés sur ma table de chevet. Elle et moi sur une plage, emmitouflées dans nos manteaux. Un âne dans son pré, que nous avions croisé lors d'une promenade. Elle, beaucoup plus jeune, en train de lire sur le canapé, par une journée ensoleillée. Une pellicule entière de vues d'une église gothique, vitraux et façades, une statue de la Vierge prise sous tous les angles.

Je me sens lourde, brassée, comme si la terre s'était retournée et avait dégueulé ses vestiges. Certains de ces souvenirs, les lieux et les moments qu'ils recoupent, s'étaient enfoncés si profondément dans ma mémoire qu'il ne m'en restait plus qu'un sentiment vague, une impression d'expérience. Ceux qui étaient parvenus à se maintenir à la surface s'étaient transplantés d'une année à l'autre, détournés les uns les autres, greffés ou fondus entre eux. J'essaie d'imaginer un système de classification, les livres, papiers et photos d'un côté, les jouets et les vêtements de l'autre. Je dois battre en retraite, débordée par leur nombre.

Dans sa chambre, ma mère ausculte ses vêtements. Ceux dont elle ne veut plus s'empilent sous la fenêtre, les autres atterrissent sur le lit. Son parfum stagne encore dans l'air. Elle ne le porte plus depuis des années mais il s'est incrusté dans les linges et le bois des meubles. Je m'appuie contre l'encadrement de la porte. Les premiers tiroirs de sa commode révèlent ses foulards et ses sous-vêtements. C'est là qu'elle cache ses cartouches de cigarettes. Quand j'étais adolescente, je lui en volais souvent. Elle déplie une chemise en coton blanc, la pose sur son corps, examine son col. Le tissu a jauni aux aisselles. Elle le renifle, fait la grimace.

Je ne me sens pas bien. Je vais rentrer chez moi.

Et tes affaires, Elsa ?

Je viendrai les chercher plus tard.

Tu ne vas pas me laisser la chambre dans cet état.

Je lui promets de revenir vite, dès que je le pourrai. Elle me regarde avec froideur et hausse les épaules. Je m'approche pour l'embrasser, elle jette une bise dans les airs et enfouit sa main dans le tiroir central.

La porte vitrée de l'immeuble se referme derrière moi, le loquet claque. L'humidité me prend la nuque. Une brume blanche s'échappe de mes lèvres. La ville étincelle d'un éclat que je ne lui connais pas. Les lumières de la route se diffractent et se reflètent partout, de l'or et du rouge dans le bleu sombre des rues. Au-dessus de ma tête, le balcon de ma mère ressemble à la proue d'un bateau. Une lueur filtre depuis l'intérieur de la chambre.

Je rejoins l'arrêt de bus. Je m'adosse au panneau publicitaire, sous le néon blanc. Le banc est glacé. Les voitures roulent vite sur la chaussée. L'éclat des phares m'effraie, les claquements des moteurs me percent les oreilles. Les tours se dressent autour du rond-point comme un bouquet de cèpes. Le ciel tourne au violet. Je voudrais être chez moi, auprès de mes fleurs, au chaud et dans le calme. Je me sens vulnérable, sèche comme une brindille.

J'aperçois une terrasse abritée, un peu plus loin sur le trottoir d'en face. Je traverse la chaussée d'un pas lent et instable, je m'installe près de la vitre qui donne sur la rue. Les résistances électriques accrochées sous le rouleau de l'auvent diffusent une lumière rouge qui me brûle le visage. Des fourmis douloureuses picorent mes muscles. J'allume une cigarette. J'accuse un léger tournis. J'arrime mon regard au petit pot de fleurs en plastique qui décore la table. Je commande un verre de vin. Je bois. Mes pensées s'embrouillent. Mon ventre se plaint. Des bulles d'air circulent dans mes intestins. Je cherche mon reflet dans la vitre. L'image de ma mère m'apparaît. Appuyée sur ses coudes, les yeux creusés, une Gitane blanche coincée entre les doigts.

Allô, maman, c'est Elsa.

Tu as vu l'heure ? Qu'est-ce qui se passe ?

Pardon. Je ne sais pas si je peux partir le week-end prochain.

Tu es chiante. J'ai tout organisé.

Je dois revérifier quelque chose.

Tu aurais pu le faire avant.

Je suis désolée.

Il y a un problème ? Tu peux me le dire.

Mais non. Rien du tout.

La semaine passe lentement. Je lutte contre une sensation de vertige constante. Je dors mal. Je me réveille plusieurs fois par nuit. Les bruits des voisins me violentent. L'écran de mon ordinateur me donne des maux de tête. Le matin, je me surprends à ne pas me reconnaître. Je me retrouve fatiguée dans le miroir de la salle de bains, les cheveux froissés, des poches lourdes sous les yeux et une expression que je ne m'étais encore jamais vue, soucieuse et sombre, mais aussi remarquablement tranchante et nette, comme peut l'être le visage d'un petit enfant. Ma mère appelle plusieurs fois. Elle me demande de venir. Elle se plaint de ma paresse. Je lui promets d'être là samedi, après le déjeuner. En fin de matinée, j'achète une tarte aux myrtilles au supermarché. Je choisis une des plus chères, avec une étiquette élégante.

L'ascenseur s'ouvre sur la musique qui retentit à travers la porte de l'appartement. Ma mère va et vient autour d'un damier de cartons marqués au feutre noir. Elle y fourre ici un livre, là une babiole enveloppée dans du papier journal. Une odeur de café imprègne l'air.

Bonjour, maman.

Elle me jette un regard anxieux, l'air un peu dépassé. Sans interrompre ses allers-retours, elle me dit de me dépêcher de la rejoindre. Je pose la tarte aux myrtilles sur la table de la cuisine. Je ne pense pas à la mettre au réfrigérateur.

Tu as vidé l'appartement.

Ne dis pas de bêtises. Je n'ai plus besoin de la moitié de ces choses.

Elle déchire les pages d'un magazine et glisse des assiettes à l'intérieur. Je m'approche du tas qu'elle m'indique et retrousse mes manches. Nous trions et entassons jusqu'à la tombée de la nuit. Nous ne parlons que pour vérifier l'origine de telle ou telle relique, quand le doute nous prend.

Vers vingt-trois heures, le salon ressemble à un archipel clairsemé sur une mer profonde. Tout a été emballé, à l'exception de ce dont elle ne veut pas se séparer, placé à l'abri sur l'étagère en rotin. Les cartons les plus volumineux sont rangés dans les angles de la pièce. Deux manteaux ont été mis de côté pour moi.

Elle s'assied sur l'accoudoir en faux cuir du canapé. Des cernes gris foncé encerclent ses yeux. Des plaques rouges poussent sous les ailes de son nez, une réaction allergique à la poussière. Je passe mon doigt sur mes narines. J'ai mal aux épaules, au dos, à la nuque. Mon ventre se tord de faim. Je contourne la table basse et ouvre la porte coulissante du balcon. Quelques étoiles perlent sur le ciel.

Aide-moi à descendre tout ça.

Les containers sont au sous-sol, accessible par l'ascenseur. J'emporte un premier chargement. À mon retour, elle a fini d'aligner le reste dans le couloir. Je remarque quatre sacs-poubelle affalés, amassés contre le mur, la base large, la peau déformée par des angles saillants.

Tu as eu le temps de prendre ce que tu voulais ?

Elle désigne mes affaires d'un mouvement de tête. Dans le tourbillon de l'après-midi, je les avais complètement oubliées. Nous ne sommes pas non plus allées dans la chambre bleue, où elles étaient remisées. Je regarde les ballots scellés. Ils ont l'air d'être lourds. Les nœuds qui les couronnent semblent taillés dans la pierre.

Sérieusement, Elsa. Qu'est-ce que tu vas en faire ? Ça va t'encombrer plus qu'autre chose.

Je ne réponds rien. Je n'arrive pas à réfléchir. Je pense au chemin à parcourir jusqu'à chez moi. Je me vois porter les sacs à bout de bras, les tenir haut pour qu'ils ne traînent pas sur le trottoir, les hisser dans le bus. Ma mère lève un sourcil. Je me décourage. Je l'aide à les charger tous les quatre, intacts, dans l'ascenseur.

Nous descendons. Nous les jetons, un par un, dans le container vert.

Elle est à quoi ?

Myrtilles. Il n'y avait que ça.

Elle coupe la tarte sans prendre le soin de la sortir de sa boîte. Le plastique craque bruyamment. Le couteau va et vient dans les fruits. La lame imprégnée de jus violet et de sucre passe sous la pâte et s'élève dans les airs, une part en équilibre sur la pointe. Je l'attrape avant qu'elle tombe et en croque un morceau.

Elle est bonne. Et pas trop sucrée.

Oui, la marque est très bien. C'est bon, ce qu'ils font.

Elle est moelleuse. Elle ressemble plus à un gâteau.

Je n'ai jamais vu ma mère dévorer comme ça. Elle se sert une deuxième, puis une troisième fois. Elle lèche ses doigts et les pierres de ses bagues où sont venus se loger des éclats de pâte sablée. Je n'ai plus faim du tout. J'avale les myrtilles enrobées de gélatine avec difficulté. Je mâche lentement pour qu'elle ne remarque pas que je mange moins qu'elle.

Il est tard. Je vais préparer le lit dans la chambre bleue.

Une lueur de réverbère éclaire faiblement la moquette. La pluie tinte sur les pavés de la cour. Allongée sur le dos, je contemple le jeu des ombres immobiles sur le plafond. Les cloques, débarrassées de leur épiderme, prennent la poussière et la moisissure. Je me retiens de cligner des yeux pour les voir bouger. Je m'amusais souvent à ça avant de m'endormir, petite. Je les voyais gonfler, ou éclater, ou soudain il me semblait que la peinture se mettait à bouillir. C'était avant que nous les brisions, le jour où nous avons démonté les lits superposés.

L'eau s'écoule dans les tuyaux à l'intérieur des cloisons avec des bruits de ruisseaux. Les pieds du lit craquent aux quatre coins du sommier. Le merisier me renvoie en différé les échos de mes mouvements. Je m'entends, comme on observe une étoile qui a cessé de briller, vingt minutes plus tôt, m'asseoir sur le lit, enlever mes vêtements, me glisser dans les draps. Je pense à mes affaires. Je peux sentir leur présence, plusieurs mètres plus bas. Je vois la cave plongée dans le noir, le container gavé. Il sera dur à pousser, demain matin, le long du trottoir, jusqu'à la benne.

Elsa ? Tu dors ?

Ma mère se tient debout, en peignoir, dans l'embrasure de la porte. Je me fige. Mon bras se tend en travers de ma poitrine, je remonte d'une main le drap sur mon visage. Elle fait quelques pas dans la chambre, grimpe sur le lit, s'adosse contre le mur. Elle étend ses jambes, croisées et nues, à côté de moi. Son pied touche le mien. Je le sens à travers la couette.

Je n'arrive pas à dormir. C'est cette journée.

Elle fouille dans sa poche, allume une cigarette. Je la regarde sous mes paupières mi-closes. Son profil apparaît dans la lueur rougeoyante. Elle est belle. Elle n'a jamais cessé de l'être. Ses cheveux d'ange volent au-dessus de ses tempes. Elle semble tout à fait réveillée. Un brouillard odorant se forme autour de nous. J'enfonce mon nez dans l'oreiller. Elle fait tomber ses cendres dans un verre que je n'avais pas remarqué, sur la table de chevet. Plusieurs mégots y traînent, de tailles différentes.

Tu es fâchée. Je comprends. J'aurais peut-être dû te dire que j'avais envie de partir. En vérité, je pensais que tu l'avais compris depuis longtemps. Tu sais, l'argent sera pour toi. Les prix augmentent. Ça vaut cher, ici.

Elle observe la pièce comme une reine son royaume. Elle ne semble pas remarquer les contours gris des murs, la moquette fatiguée, le store cassé de la fenêtre. Elle parle d'une voix calme, qu'elle n'interrompt que pour aspirer et recracher la fumée.

Tu devais bien te douter que je ne passerais pas toute ma vie ici. Je suis déjà restée le tiers de mon existence dans cet appartement. Tu imagines ce que ça représente ? Tu es trop jeune. À ton âge, le temps, ça ne veut rien dire. Tu m'en veux. J'ai le droit de vendre, c'est à moi, ici. Je l'ai payé. Tu n'as pas le droit de m'en vouloir pour ça. C'est quoi, le problème ? Tu es triste ? Tu rends tout si compliqué, Elsa. Moi, j'aimerais que ce soit simple. C'est si compliqué que ce soit simple ? Je ne sais pas. On n'est quand même pas plus détraquées que les autres. Sincèrement, je ne comprends pas ce que ça peut te faire. Tu as ta vie, j'ai le droit d'avoir la mienne. J'ai fait ma part. Je t'ai donné tout ce que j'ai pu. Tu ne te rends pas compte. Les enfants trouvent normal de prendre ce qu'on leur donne et de réclamer plus, toujours. Les enfants, ils vous pompent et vous laissent sur le bord de la route. Je ne te demande rien. C'est ce que fait une mère, c'est normal. Si tu pouvais juste arrêter de m'en vouloir. Et, quand même, un « merci, maman », de temps en temps, ne serait pas dégueulasse. Tu ne sais pas ce que c'est d'être à ma place, seule, à croupir. Tu devrais bouffer la vie, la croquer à pleines dents. Ce n'est pas à mon âge qu'il faudra t'y mettre. C'est à cause de tes affaires ? Tu veux qu'on descende à la cave, qu'on fouille dans la poubelle ? S'il n'y a que ça, on y va tout de suite, si tu y tiens tant. Ce sont des vieilles choses, je pensais sincèrement que tu t'en ficherais, ou que ça te rendrait service que je t'en débarrasse. Toi, tu t'accroches à tout. Je ne sais pas d'où tu tiens ça. Franchement, c'est du passé, tout ça, tu n'as pas besoin de tout garder, ce n'est pas bon. Le passé, il faut savoir le jeter, aussi.

Des taches rondes, irrégulières, grises et vertes, se mettent à onduler dans le noir devant moi, comme des pièces au fond d'un bassin. Ma tête bourdonne. Des sanglots de nerfs gèlent dans ma poitrine. Je tords le drap au creux de mon poing. Je ne veux pas me mettre en colère. Je refuse de tomber dans le piège. J'ai vu la haine et le chagrin faire leur œuvre en elle, planter leurs griffes et l'enserrer à l'étouffer, je l'ai longtemps regardée se battre contre elle-même, je sais que ça ne sert à rien. Je ne veux pas lui ressembler. Je la vois encore, vaincue et folle de rage, frapper les murs, rouler sur la moquette, incapable de s'appartenir. Faire semblant de s'évanouir en pleine rue pour qu'on lui vienne en aide, chercher partout des mains qui la soutiennent, courir désespérément après cette sensation de solidité, d'appui, la possibilité de s'abandonner, de laisser le monde s'occuper d'elle. J'entends ses cris, lointains, je vois son corps qui s'effondre, encore et encore, il n'a plus d'âge, plus de visage. Je serre les paupières. Je me terre en moi-même. Je cherche le silence. Je sens la fureur qui monte, elle gonfle et déborde comme un égout soumis à la crue d'un fleuve. Mes digues cèdent. La vague s'abat sur moi, plus forte, plus intense que jamais. Elle se fend en rivières bouillonnantes et se déverse, elle s'infiltre partout en moi. Ses courants m'emportent, contraires, irrésistibles, un ressac tantôt chaud, tantôt froid. Des lames aiguisées affleurent à sa surface, mélangées à l'écume, elles sautent et plongent comme des poissons volants, elles cisaillent mon cerveau, coupent mes joues. Mes dents mordent l'oreiller. Mes membres s'ankylosent, j'ai l'impression qu'ils pénètrent le matelas. Une démangeaison cinglante m'empoigne à l'intérieur du sexe. Je croise les cuisses comme pour me retenir de pisser. Des centaines d'épines, longues comme des aiguilles à tricoter, semblent pousser toutes en même temps, entre mes jambes.

Ma mère écrase sa cigarette au fond du verre, elle embrasse mes cheveux. Son baiser m'ensevelit comme une avalanche. Elle sort de la chambre. Les cercles continuent de danser, à changer de couleur autour de moi. Je tente d'aspirer de l'air. Je suffoque, la bouche grande ouverte. Je saisis mon sexe. Je le masse sans relâche. J'enfonce mes doigts à l'intérieur. Des fils de plastique se prennent entre mes ongles, emmêlés dans une semence visqueuse. Je reconnais les cheveux de ma sirène. Je crois que je deviens folle. Je vois le plafond se rapprocher, les murs se pencher sur moi. Je tremble de tout mon corps, comme si la pièce pouvait me dévorer.

Elsa. J'ai appelé le gîte, pour la chambre. On peut séparer les lits.

Ah bon ?

Tu vois. Je te connais.

Je rassemble mes forces, je me redresse lentement pour ne pas que le sang me monte à la tête. Mes orteils se posent sur la moquette, je reconnais sa texture rugueuse, la dureté du sol. J'abandonne mes chaussettes, j'enfile mon pantalon, je fourre mon soutien-gorge dans ma poche. L'appartement est silencieux, seul le réfrigérateur grésille dans la cuisine. Rien ne bouge dans le salon. J'essaie de savoir où ma mère se trouve. Je guette un reflet, un mouvement qui trahirait sa présence. J'avance à pas de loup vers l'entrée, jusqu'à l'angle du couloir qui rallie la salle de bains. La porte de sa chambre est ouverte. La commode de pin, le contour du sommier se découpent dans l'obscurité. La couette couleur d'eau, soigneusement bordée, semble tirée, droite, sur le lit. Un courant d'air fait danser le rideau, à gauche du balcon.

J'attrape mes baskets, mes affaires suspendues au-dessus du paillasson, je fais tourner la serrure délicatement. Je me chausse sur le palier. Mes mains tremblent, je ne parviens pas à faire mes lacets. Je passe les bras à l'intérieur de ma veste, je dévale l'escalier de secours, je me précipite dans la rue. Je laisse le rond-point, l'arrêt de bus, derrière moi, je prends la direction opposée au centre. Je me retiens de courir. Le bout de mes lacets tinte sur l'asphalte. Je sens mes chevilles nues, raidies par le froid, l'air qui s'infiltre sous les languettes de mes chaussures. Mes seins frissonnent sous mon t-shirt. Mes tétons durcissent, ils se frottent au coton. Je remonte la fermeture éclair de ma veste, croise les bras contre ma poitrine.

Tu as pris un pull ? Il fait humide, le soir, au bord de la mer.

J'ai tout ce qu'il faut.

Je vais m'arrêter prendre de l'essence. Tu pourras acheter de quoi grignoter sur la route.

D'accord.

Je suis contente que l'on parte toutes les deux. Ça va nous faire du bien, un peu d'air.

Oui.

Ça va, Elsa ?

Oui. J'ai hâte d'arriver. De voir le large.

Je remonte la rue qui mène à l'appartement de ma mère. Je ne l'ai pas revue depuis notre journée de grand débarras. Je ne suis pas retournée au sous-sol. Mes affaires sont parties avec les ordures du lundi matin, emportées dans le camion des éboueurs de la ville.

Six mois ont passé. L'hiver s'est terminé, puis le printemps et l'été, ponctués par quelques coups de téléphone, des esquives, des messages laissés sans réponse sur mon répondeur. J'imagine que la distance l'accommodait autant que moi, puisque malgré ses reproches elle ne s'est pas déplacée pour me parler. Rapidement, ses plaintes me sont apparues feintes, utiles surtout à dissimuler un certain soulagement. Elles ont fini par se faire de plus en plus rares, réduites à quelques mots jetés à la volée de temps en temps, de quoi maintenir tranquille sa conscience maternelle.

Pourtant, hier, à mon réveil, plusieurs appels manqués s'affichaient sur l'écran de mon téléphone. Cette insistance soudaine m'a inquiétée. Je me suis décidée à rappeler dans l'après-midi. Adossée au papier peint, les jambes étendues sur mon lit, la fenêtre ouverte sur les jardinières en fleurs, mon cœur battait quatre fois plus vite que les notes de la tonalité.

Après quelques broutilles, et d'une voix qui aurait pu faire croire que nous nous étions quittées la veille, elle m'a invitée à dîner chez elle. « Nous avons quelque chose à fêter », a-t-elle dit. Je n'ai pu m'empêcher de penser à mon anniversaire avec une excitation d'enfant qui m'a gênée. La date était passée depuis plusieurs semaines et elle ne me l'avait pas souhaité. J'ai accepté l'invitation avec tout le détachement dont j'étais capable. Je ne lui ai pas fait remarquer son oubli. Je ne suis pas sûre que c'en était un.

Les tours de formes géométriques se dressent, paisibles, à droite du rond-point. Leur jaune paraît terne dans le crépuscule. Les lumières des réverbères, fraîchement allumées, ne disposent pas encore d'assez de nuit pour se répandre sur les façades. Mes pas ralentissent à mesure que j'approche de l'entrée. J'aperçois le rosé des vitres sans tain du rez-de-chaussée, le petit jardin qui longe l'accès au parking.

La propriétaire a installé une table et une chaise sous un petit érable. Je respire sa fraîcheur avant de presser le bouton de l'interphone.

C'est moi.

Je peigne mes cheveux avec mes ongles et vérifie ma mise avant d'emprunter l'escalier de secours pour monter au troisième étage. Ma mère m'accueille sur le palier. Ses yeux brillent. Elle s'est maquillée et porte un chemisier neuf. Elle me souhaite la bienvenue et détourne le regard, visiblement nerveuse de me recevoir, comme si elle se trouvait face à une invitée dont elle craindrait le jugement et qui viendrait chez elle pour la première fois. Elle m'engage à entrer d'une voix discrète. Elle sourit beaucoup. Je me sens étonnamment calme, lointaine. D'une certaine façon, hors d'atteinte.

Pose tes affaires où tu veux.

Je suspends ma veste au portemanteau et lui emboîte le pas en direction de la cuisine. Au seuil du salon, je dois marquer une pause. La pièce a été presque intégralement vidée de son mobilier et paraît étrangement petite. La moquette vert menthe a gardé les empreintes des meubles qui ont été déplacés. Elle prend une allure de mangrove où le canapé de faux cuir et l'étagère en rotin semblent échoués, tandis que des lianes de scotch marron poussent un peu partout, entre les cartons ouverts et les moutons de poussière. Le cendrier de verre est posé à même le sol, à l'endroit où se trouvait la table basse. La télévision, le tapis de laine et l'abat-jour aux chouettes hulottes sont restés à leur place, de même que les rideaux qui encadrent l'accès au balcon. Deux taches claires marquent les emplacements de la console où reposait l'ordinateur portable et celui du bas de buffet hérité de ma grand-mère. Presque tous les bibelots et les souvenirs de vacances ont disparu. Les livres sont empilés le long des murs par ordre de taille, du plus grand au plus petit. Les magazines servent de piédestal aux plantes en pot.

Je ne vends plus. L'agent immobilier a déposé les clés dans la boîte aux lettres ce matin. Je n'en pouvais plus de lui, avec son air de tout savoir. Une belle perte de temps et d'énergie, si tu veux mon sentiment. Enfin, c'est terminé. Ce soir, c'est la fête. Viens souffler tes bougies.

Dans la cuisine, ma mère allume des bâtonnets multicolores plantés dans un entremets au chocolat. Elle n'a prévu ni repas, ni biscuits d'apéritif. Une bouteille de champagne saisie de givre et deux coupes neuves attendent sur la table.

Ici, contrairement au salon, on dirait que le temps a oublié de passer. Le réfrigérateur américain jaune moutarde ronronne dans son coin. Les placards, la table et les tabourets sont tels que je les ai vus pour la dernière fois.

Nous nous installons à nos places habituelles, l'une en face de l'autre, de part et d'autre de la fenêtre retenue entrouverte par un cendrier de bar. Une douce brise monte de la cour. L'air se charge de parfums mêlés, asphalte chaud, fleurs et feuilles mortes. Le bouchon du champagne saute et ricoche contre le plafond. Je me penche pour souffler sur les petites flammes, ma mère sert deux coupes et m'en tend une avec un sourire large. Elle se lance alors dans le récit des mois écoulés. Elle me raconte les événements dans le désordre, se perd dans un dédale de détails sans importance. Je l'écoute sans ciller, ne me risque à aucun commentaire. Je recompose l'histoire pour moi-même, d'après ce que j'arrive à comprendre.

L'agent immobilier, un nul pour lequel elle n'a pas de mots assez durs, a voulu la convaincre de baisser son prix au lieu de faire son travail et de chercher des acquéreurs. Quand il a compris qu'elle ne céderait pas, il s'en est pris à la décoration.

« Il faudrait rafraîchir. Rien n'est plus au goût du jour. »

Je me demande si son verdict frappait les lieux seuls ou, par extension, leur occupante.

Malgré la rareté des visites, qui, de surcroît, ne

donnaient rien, elle s'est entêtée à préparer son déménagement. Petit à petit, elle s'est séparée de ce dont elle estimait ne plus avoir besoin. Le lit de ma grand-mère, l'armoire et la bibliothèque de la chambre bleue sont allés à un brocanteur. Elle a vendu la table basse, deux chaises, une partie de sa garde-robe et plusieurs coussins sur le site où elle avait déniché son réfrigérateur. Elle a conservé son lit, sa table de chevet et sa commode. Les tiroirs parfumés se remplissent de vêtements neufs.

Finalement, ça m'aura servi à faire du vide. Autrement, je n'aurais pas eu le courage de jeter ces vieilleries.

Elle sirote son champagne avec une légèreté étudiée. Je l'imite, un peu mal à l'aise, incertaine de ce que nous fêtons ensemble. Elle nous ressert, nous trinquons. Nous attaquons le gâteau.

Quelques heures s'écoulent, tenues en état de grâce par nos efforts combinés, gentilles, presque heureuses. Avec l'avancée de la nuit, les façades de la cour se sont parsemées d'intérieurs en miniature. J'aspire les dernières gouttes pétillantes au fond de ma coupe. Une moitié d'entremets s'affale sur son socle en carton doré. Les bougies colorées, aux extrémités maculées de miettes de génoise, de glaçage au chocolat et de crème, reposent à côté de lui. Nous avons abandonné les cuillères et les parts individuelles. Nous y allons directement avec les doigts.

On devrait aller quelque part toutes les deux. Ça fait longtemps qu'on n'est pas parties.

Si tu veux.

Je n'ai pas bougé de l'été, avec tout ça.

Tu aurais pu me le dire si tu avais besoin d'aide.

Il ne faudra plus passer autant de temps sans se voir, Elsa. C'est de ma faute, j'ai été très occupée.

Moi aussi. Ce n'est pas grave.

Quand j'y pense, j'avais presque ton âge quand j'ai pris un prêt pour l'appartement, tu te rends compte ? Tu devrais acheter, toi aussi. Te mettre à l'abri.

Je suis bien chez moi.

J'avais trente-six ans quand on a emménagé ici.

J'en ai trente.

C'est pareil.

Je ne trouve pas.

Six ans, ce n'est rien. Tu verras.

Elle me tend sa cigarette. Son filtre est imbibé de salive, tordu par l'empreinte de ses dents. Je l'effleure du bout des lèvres, un peu dégoûtée par la sensation de bave froide. Tout de même, le tabac et la nicotine me font du bien. Elle en allume une nouvelle, pour elle, qu'elle coince dans le pli de sa bouche. La fumée escalade son visage, elle plisse une paupière pour protéger son œil. Je plonge le doigt dans le gâteau, j'en décroche un morceau. Le chocolat se colle à mon palais.

Ma mère regarde ses mains. Elle ôte ses bagues et les pose sur la table devant moi.

Je n'aurai rien de plus beau à te donner, puisqu'ici, ça ne vaut rien. Bon anniversaire, ma chérie.

L'or luit, silencieux, entre nous. Les pierres nous observent de leurs prunelles froides. L'émeraude couronnée de diamants, les trois rubis en forme de trèfle, le saphir solitaire enfoncé dans les tresses dorées, je ne les ai jamais vues d'aussi près. Un relent de chocolat mélangé aux bulles de champagne me monte à la gorge. Je réprime un rot. Je noie la cigarette à demi intacte dans une traînée de glaçage, passe une paume grasse sur mon front. Les doigts nus de ma mère se frottent les uns contre les autres. Les anneaux ont creusé des empreintes profondes dans sa peau. J'aperçois l'épave de gâteau, le couteau trempé de beurre. L'acier se tache de reflets éblouissants. Ma mère l'attrape par le manche. Elle lèche le bord de la lame avec gourmandise. Elle l'introduit dans sa bouche, suce la pointe avec précaution.

J'avance lentement les doigts vers le centre de la table. Mon coude frôle le paquet de cigarettes vide. Ma mère fait un mouvement, repose le couteau sur le carton doré. Sans réfléchir, je le saisis et plante la lame encore maculée de chocolat en plein milieu de sa main. Le métal transperce sa chair, il se fiche dans le bois.

Maman, c'est Elsa. Je voulais te remercier pour ce week-end. Les balades, la mer, les glaces, c'était parfait. J'espère que tu es contente aussi. J'ai rangé mes affaires, j'ai presque tout mis à laver, maintenant je vais m'installer dans mon lit avec une série. Je ne sais pas encore laquelle. Repose-toi bien, toi aussi.

Je cours sur la passerelle de verre qui survole les façades. Le sol scintille entre les immeubles. Des pas se précipitent, tout en bas, sur les pavés en ciment vieux rose incrusté d'éclats de quartz. Une jeune femme, les mains enfouies dans les manches de son manteau, rentre chez elle.

Je rejoins le palier. J'appuie sur le bouton rond de l'ascenseur. Une flèche pointée en direction du rez-de-chaussée s'illumine et clignote. Je plonge la main dans ma poche, je vérifie que les bagues sont là. Elles sont imbriquées les unes dans les autres, les anneaux mélangés, indifférenciables, comme un casse-tête. Je les fais tourner au creux de ma paume. Je distingue le ciselé de l'or, le relief des pierres qui s'entrechoquent.

Les portes métalliques s'ouvrent, annoncées par une note joyeuse de clochette. J'entre dans la cabine. La moquette marron a été remplacée par une autre, plus rose. Le miroir est toujours le même, depuis le jour où je me suis vue dedans, ma tête atteignait à peine son bord inférieur. Je croise mon reflet. Mes yeux m'arrêtent. Ils me regardent depuis la glace, j'ai l'impression de leur faire face pour la première fois. Comme si un voile s'était levé de mes paupières, une brume emmêlée à mes cils, que je ne remarquais pas, qui se serait dissipée. Des cernes gonflés dévalent sur mes joues. Ma peau s'émeut et tire, quelques boutons poussent. Je me trouve belle. Éprouvée, mais digne.

L'ascenseur s'immobilise. Je m'engage dans le hall d'entrée. Je passe devant les boîtes aux lettres. Par réflexe, je regarde la nôtre. Elle n'est rien, perdue au milieu des autres. L'initiale du prénom de ma mère est inscrite à côté de notre nom de famille. La mienne a disparu. Un sourire brise mon visage. Je contemple le mur de casiers. Des lignes et des colonnes empilées, fermées à clés, des lettres noires, indifférentes, imprimées sur du papier blanc cassé, une morgue miniature. Nous vivons rangés, à moitié morts, à avaler tout ce qu'on nous met dans la gueule. Nous tuons les tueurs pour les soulager de tuer. Nous nous tuons nous-mêmes pour ne tuer personne. Et c'est ainsi chez le voisin, chez la voisine, dans toutes les familles. De génération en génération.

CET OUVRAGE A ÉTÉ ACHEVÉ D'IMPRIMER LE QUINZE MAI DEUX MILLE VINGT-TROIS DANS LES ATELIERS DE NORMANDIE ROTO IMPRESSION S.A.S. À LONRAI, 61250, FRANCE

N° D'ÉDITEUR : 7232
N° D'IMPRIMEUR : 2302317

ISBN : 978-2-7073-4819-7
Dépôt légal : mai 2023